마뜨료나의 집

La Maison de Matriona
by Alexandre Soljénitsyne
Original copyright © 1970, 1978 Alxandre Soljénitsyne
Korean translation copyright © 2013 Inde Book
The Korean edition was arranged with Librairie Artheme Fayard, SA, France
through Best Literary & Rights Agency, Korea
All rights reserved.

이 책의 한국어판 저작권은 베스트에이전시를 통한
원저작권자와의 독점계약으로 도서출판 인디북에 있습니다.
신저작권법에 의해 한국 내에서 보호를 받는 저작물이므로 무단전재와 무단복제를 금합니다.

 집

알렉산드르 솔제니친 _ 김윤희 옮김

인디북

그 일이 있은 후 반년은 족히 흘렀으리라……. 모스크바로부터 무롬과 카잔(도시명; 옮긴이) 방향으로 180km 떨어진 지점에 이르면 어느 기차건 마치 손으로 더듬대며 기어가듯 속력을 늦춘다. 그러면 승객들은 무슨 영문일까 싶어서 창문에 찰싹 달라붙어 밖을 내다보기도 하고, 승강구로 나가 기웃대기도 하며 생각한다. '철로수리 중인

가? 기차가 연착되는 건가?'

아니다. 이 지점을 지나자 기차는 다시 속력을 내고, 승객들도 제자리로 돌아와 앉는다.

기차가 이 지점에서 속력을 늦추게 된 사연을 아는 사람은 기관수들뿐이다.

그리고 또 한 사람, 나도 그 일을 기억하고 있다.

1

 1956년 여름, 나는 아무런 계획도 없이 흙먼지 날리는 뜨거운 사막을 떠나 러시아로 돌아왔다. 러시아에서 누구 하나 나를 기다려주거나 불러주는 이는 없었다. 십 년 만에야 돌아왔으니 그럴 법도 했다. 찌는 듯이 덥지도 않고, 그저 나뭇잎 소리가 바스락거리는 평온한 중부지방으로

가고 싶었다. 러시아 깊숙이 어딘가 그런 곳이 아직도 남아 있다면 그곳을 찾아가 조용히 지내고 싶었다.

1년 전까지만 하더라도 우랄산맥 너머에서 내가 할 수 있는 일이라곤 고작 들것을 나르는 것이었으리라. 웬만한 건설현장에서는 나를 전기공으로도 써주지 않았을 것이다. 나는 가르치는 일을 하고 싶었다. 세상물정 잘 안다는 사람들은 내가 아까운 차표만 버리고, 헛걸음만 할 거라고 충고했다.

하지만 이미 마음속에선 동요가 일고 있었다. 나는 모(某) 지방의 교육청을 찾아갔다. 계단을 올라가 인사과가 어디냐고 물었다. 인사과가 검은 가죽 문으로 된 방이 아니라, 마치 약국에나 있을 법한 유리칸막이 뒤에 있다는 사실이 놀라웠다. 어쨌든 나는 겸연쩍게 칸막이 앞에 다가가 인사를 하며 물었다.

"혹시 철로에서 최대한 멀리 떨어진 곳에 수학교사 자리를 찾을 수 있을까요? 그런 곳에 자리를 잡고 싶어서

요."

 인사과 직원들은 내가 내민 서류에 적힌 내용을 꼼꼼히 살펴본 후, 이 방에서 저 방으로 분주히 돌아다니기도 하고, 어딘가 전화를 걸기도 했다. 그 사람들 눈에는 내가 이상해 보였을 것이다. 다들 가능한 대도시로 나가려고 애쓰는 요즘 시대에 역행하는 일이니 말이다. 그들은 뜻밖에도 내가 원하는 자리를 제안해주었다. '브이소코예 폴레(높이 솟은 들판이라는 뜻; 옮긴이)'라는 마을이었다. 지명만 들었을 뿐인데도 벌써 마음이 설레었다.

마을은 지명에 걸맞은 곳이었다. 마을은 강 골짜기들 사이에 높이 솟아 있고, 또 다른 언덕들과 우거진 숲에 둘러싸여 있었다. 마을에는 연못도 있고 제방도 있었다. '브이소코예 폴레'야말로 조용히 살다가 뼈를 묻어도 좋을 만한 곳이었다. 나는 숲속의 한 그루터기에 앉아서 오랫동안 사색에 잠겼다. '매일 밥을 먹지 않아도 이렇게 이곳에 앉아서 밤마다 머리 위로 나뭇가지들이 일렁이는 소리를 듣는다면 얼마나 좋을까! 라디오 소리도 들리지 않는 고즈넉한 이곳!'

하지만 정말 안타깝게도 그 마을에는 빵집을 찾아볼 수 없었다. 빵뿐만 아니라 그 어떤 식료품도 살 만한 곳이 없었다. 마을 사람들은 그나마 제일 가까운 도시에서 먹을거리를 사다 날랐다.

결국 나는 인사과를 다시 찾아가 사정했다. 처음에는 나와 말도 섞으려 하지 않았다. 그래도 결국엔 다시 여기

저기 알아본 뒤 사각사각 펜 소리를 내면서 내 서류에 '토르포프로둑트'라고 기입했다.

'토르포프로둑트(이탄(泥炭)제품이라는 합성어; 옮긴이)'라고? 세상에나, 위대한 작가 투르게네프는 이런 어처구니없는 합성어가 생길 거라고 상상이나 했을까?

토르포프로둑트 기차역은 오래되어 낡은 회색 목조 가건물로 되어 있었다. 하지만 이런 엄한 경고문이 걸려 있었다. '반드시 승강장에서 탑승하시오!' 그런데 경고문 끝자락에 누군가 못으로 긁어서 쓴 문구가 보였다. '차표 없이!' 매표소에는 앞으로 고칠 일이 없다는 듯 칼로 긁어서 새겨둔 글귀가 있었다. '차표 없음!' 이 글귀의 진정한 의미가 무엇인지 나는 나중에서야 깨달았다. 알고 보니 토르포프로둑트로 들어오긴 쉬워도, 다시 떠나긴 어렵다는 뜻이었다.

원래 이곳은 혁명 전부터 혁명 후까지도 사람들의 발길이 닿지 않는 밀림이었다. 그러나 혁명이 끝나자 이탄 채굴업자들과 이웃 집단농장에서 벌목해버렸다. 이웃 집단 농장 의장인 고르쉬코프는 엄청난 면적을 벌목하여 오데사 주(州)에 팔아서 큰돈을 챙겼다.

이 마을의 집들은 이탄이 매장된 저지대 사이에 흩어져 있었다. 1930년대에 세운 획일적인 가건물들이 성냥갑처럼 줄지어 있기도 했고, 정면에 조각무늬로 장식하고, 유리 창문이 있는 베란다까지 갖춘 1950년대식 집들도 있었다. 하지만 그런 집들도 들어가 보면 천장까지 닿는 칸막이벽이 없었다. 결국 나는 온전하게 사면이 벽으로 둘러싸인 제대로 된 방을 구할 수 없었다.

집들 위로는 공장 굴뚝에서 연기가 뿜어져 나왔다. 마을 곳곳에는 궤도가 좁은 철로가 있었으며, 이 철로를 따라 갈색 이탄, 이탄 플레이트, 연탄 등을 실은 기차가 고막을 찢을 듯한 경적을 울려대며 다니고 있었다. 분명 밤이 되면 클럽 근처에는 시끄러운 음악소리가 울리고, 여기저기 취객들이 목청껏 떠들리라. 어쩌면 가끔 칼부림도 벌

어질 것이다.

러시아 한구석에 조용하게 자리 잡고 싶었던 내 바람은 무색해졌다. 이곳에 오기 전만 해도 나는 진흙으로 지은 집에 살았다. 그 집은 사막이 훤히 내다보이는 곳에 있었으며, 밤이면 맑고 상쾌한 바람이 불고, 하늘에는 별들이 총총히 빛났다.

나는 밤새 기차역 벤치에서 뒤척거리다가 동이 틀 무렵 다시 마을을 찾아갔다. 작은 노점상들이 눈에 띄었다. 이른 아침이라 그런지 한 여자상인만이 나와서 우유를 팔고 있었다. 나는 우유 한 병을 사서 그 자리에서 마시기 시작했다.

나는 그 여자의 말투에 감동하였다. 그녀는 단순히 단어들을 내뱉는 게 아니라, 마치 노래를 하는 것처럼 말했다. 아시아에 머무는 동안 그토록 그리워했던 말투였다.

"드세요. 마음껏 쭉 드세요. 그런데 타지에서 오셨나 봐요?"

"아주머니는 어디 사세요?"라고 나는 밝은 목소리로 물었다.

그녀는 이곳에 이탄 채굴업자들만 있는 게 아니라고 말했다. 철로 너머 언덕을 지나면 '탈리노보'라는 마을이 있다고 했다. 이 마을은 아주 오래 전부터, '집시'라 불리던 귀족부인이 살던 때부터, 사방이 밀림이었던 때도 그 자리에 있었다고 했다. 탈리노보 마을을 지나면 차슬리츠이, 오빈츠이, 스푸드니, 쉐베르트니, 쉐스치미로보 마을들이 있고, 그 너머의 철로를 벗어나 호수 쪽으로 갈수록 깊은 산중이 이어진다고 했다.

그녀가 열거하는 마을 이름들은 마치 한 줄기 바람처럼 나를 편안하게 해주었다. 그리웠던 과거 러시아를 상기시켰다.

나는 이내 마음이 가벼워져서, 오늘 처음 만난 사람임에도 불구하고, 그녀에게 나를 탈리노보 마을로 데려가 하숙집을 알아봐달라고 부탁했다.

하숙집 주인들에게 내 조건은 괜찮은 편이었다. 내가 근무하는 학교에서는 겨울에 화차 한 대 분량의 이탄을 제공했기 때문이다. 내가 그런 부탁을 하자 그녀의 표정이 순간 어두워졌다. 그녀는 남편과 함께 쇠약한 노모를 모시고 살았기 때문에, 나에게 내줄 방이 없었다. 대신 그녀는 자신의 친척집들을 소개해주었다. 하지만 방 하나를 나 혼자 쓸 수 있는 집도 없고, 하나같이 비좁고 시끄러웠다.

결국 우리는 집을 구하지 못한 채 개울가 다리까지 걸어오게 되었다. 물이 말라서 강바닥이 거의 드러나 있었다. 나는 마을에서 이 개울가의 풍경이 가장 맘에 들었다. 버드나무가 두세 그루 서 있고, 기울어져가는 농가도 보이고, 연못에는 오리가 헤엄치고, 거위들은 몸을 털며 물가로 올라오고 있었다.

"그럼 마뜨료나의 집에라도 들러볼까요?" 하며 그녀는 지친 표정으로 말을 이었다.

"그런데 마뜨료나의 집은 너저분해요. 몸이 아파서 잘 치우질 못하거든요."

마뜨료나의 집은 개울가에서 가까운 데 있었다. 그 집에는 창문이 네 군데 있었지만, 모두 음지 쪽으로 나 있었다. 양쪽이 기울어진 판자지붕과 장식무늬가 있는 다락방도 있었는데, 판자지붕은 이미 썩고, 집의 테두리 목재도 너무 오래되어 색깔이 변해 있었다. 게다가 출입문도 낡아서 비뚤어져 있었다. 한때는 그 문도 튼튼했으리라.

쪽문에 빗장이 걸려 있었지만, 나를 데려간 그 여자상인은 문도 두드리지 않고 맘대로 손을 집어넣고 문을 열었다. 하긴 그러고 보니 다른 집에서 키우는 가축들이 못 들어오게 하려고 빗장을 걸어둔 것 같기도 했다. 마당에서는 지붕을 볼 수 없었지만, 집 안은 여러 공간으로 구분되어 있었다. 입구에 들어서면 좁은 계단이 있고, 그 계단을 따라 올라가면 넓은 마루가 이어졌다. 천장은 꽤 높았다. 왼편에는 2층으로 통하는 또 다른 계단이 있었다. 2층

에는 벽난로가 따로 없었다. 그리고 또 다른 계단은 지하로 이어져 있었다. 다락방과 지하실이 있는 안채는 오른편에 있었다.

아주 오래 전에 대가족이 살기 위해 튼튼하게 세운 집 같았다. 하지만 이제 이 집에는 환갑이 다 되어가는 늙은 여자가 외롭게 살고 있었다.

내가 집 안으로 들어갔을 때, 집주인 여자는 전통 러시아식 난로 위에 누워 있었다. 그녀는 검게 색이 바래버린 천을 걸치고 있었다. 누더기 같은 천이라 해도, 노동자들에겐 더없이 귀중한 필수품이었다.

집안은 널찍했다. 특히 창문가에 책걸상이 여러 개 있고, 무화과 화분과 나무통들이 놓여 있는 게 눈에 띄었다. 창가의 화분들은 비록 말 못하는 미물일지라도 생기 있는 모습으로 주인의 외로움을 달래주고 있는 것 같았다. 북향으로 난 창문으로 들어오는 한 줄기 햇빛에도 무화과 화분은 싱그럽게 자라고 있었다. 반면에 그나마 들어오는 한 줄기 햇빛을 무화과 화분에 내주어서인지, 굴뚝 그늘에 가려져서인지, 집주인 아주머니의 둥그스름한 얼굴은 노랗게 뜨고, 쇠약해 보였다. 눈빛도 흐린 것으로 보아 병세가 짙은 모양이었다.

집주인인 아주머니는 자리에 누운 채로 나와 얘기를 나누었다. 그녀는 베개 대신 문에 머리를 기대고 누워서 아래쪽에 서 있는 나를 쳐다보며 말했다. 하숙을 하고 싶다는 얘기에도 그녀는 조금도 반색하지 않았다. 오히려 몸이 아프다고 하소연을 했다. 이제 겨우 몸이 좀 나아지는 것 같기도 하다며, 매일같이 아픈 것은 아니라고 했다. 그러면서 흘리듯 말했다.

"한 번 아프기 시작하면 이틀이고 사흘이고 누워만 있게 되니, 당신이 하숙을 해도 식사조차 차려줄 수 없을 거예요. 그래도 이 집이 나쁘진 않은 편이죠. 지내시는 데는 문제없을 거예요."

집주인 아주머니는 좀 더 살기 편한 집들을 일일이 열

거하며, 그쪽으로 가보라고 권했다. 하지만 나는 그 순간 나의 운명을 느낄 수 있었다. 이 어두컴컴하고, 들여다볼 수도 없을 만큼 까맣게 된 거울이 걸려 있으며, 책 시장과 곡물추수에 대한 화려한 색깔의 싸구려 포스터 두 장이 벽에 붙어 있는 이 시골농가에서 살아야만 하는 게 내 운명이었다.

그래도 집주인 마뜨료나 바실리예브나는 다른 집들을 한번 더 돌아보라고 고집을 피웠다. 그날 이후 내가 다시 찾아갔을 때, 그녀는 한참 동안 중얼거렸다.

"변변한 식사조차 차려줄 수 없을 텐데, 그럼 미안해서 어쩌죠?"

그래도 이번엔 자리에서 일어나 나를 맞아주었다. 내가 다시 찾아온 것이 내심 기쁜지 표정이 밝았다.

우리는 하숙비 대신 학교에서 지급하는 이탄을 주고받기로 했다.

나중에야 알게 된 사실이지만, 마뜨료나는 벌써 몇 년

째 한 푼도 못 벌고 있었다. 심지어 연금조차 받지 못하고 있었다. 친척들도 가끔씩 그녀를 도와주는 정도였다. 집단농장에서 일하는 것도 돈을 받아서가 아니라, 빌어먹을 노동수첩의 칸을 채워야 했기 때문에 어쩔 수 없이 나가는 것이었다.

그렇게 해서 나는 마뜨료나의 집에서 하숙을 하게 되었다. 우리는 굳이 칸막이로 방을 나누지 않았다. 마뜨료나의 침대는 문가 난로 옆에 두고, 내 조립식 간이침대는 창문가에 놓았다. 그리고 마뜨료나가 아끼는 무화과나무의 햇빛을 좀 빼앗는 일이긴 했지만, 화분이 있는 창가 쪽에 책상을 놓았다. 이 마을에도 전기는 들어와 있었다. 이미 20년대에 샤투라 마을에서 전기를 끌어왔던 것이다. 당시 신문에서는 '일리치(레닌을 의미함; 옮긴이)의 램프' 하며 대서특필하고, 농부들은 '불의 제왕'이라며 칭송했다고 한다.

비교적 풍족하게 사는 다른 사람들의 눈에는 마뜨료나

의 농가가 결코 살기 좋은 곳은 아니었다. 하지만 우리는 그 해 가을부터 겨울에 이르기까지 나름대로 편하게 살았다. 농가에는 비가 새지도 않았고, 강풍이 불어대는 날에도 새벽녘까지 난로의 따스한 기운이 남았다. 작은 틈새로 바람이 파고들 때면 난로가 더 없이 소중하게 느껴졌다.

이 농가에는 마뜨료나와 나 외에도 고양이, 쥐, 바퀴벌레가 살았다.

늙수그레한 고양이는 특이하게도 다리를 절었다. 절름발이 고양이가 안쓰러워서 데려다 키우게 된 것 같았다. 고양이는 네 발로 디딜 수 있음에도 불구하고, 심하게 다리를 절며 걸었다. 아픈 다리를 조금이나마 덜 쓰려고 하는 것이었다.

고양이는 난로 위에서 바닥으로 뛰어내릴 때 다른 고양이처럼 사뿐히 내려앉지 못했다. 세 발이 동시에 바닥에 닿으면서 쿵 하는 소리가 났다. 나는 처음에는 그 소리에

깜짝깜짝 놀라곤 했다. 고양이는 아픈 다리를 아끼려는 마음에 나머지 세 다리를 혹사시키고 있는 것이었다.

고양이가 있음에도 불구하고 이 집에 쥐가 있었던 이유는 고양이가 무능해서가 아니다. 이 늙은 고양이도 쏜살같이 달려가 방 한구석에서 쥐를 덥석 물고는 자랑스레 보여주기도 했다. 그런데도 쥐가 사라지지 않는 데는 다른 이유가 있었다. 풍족한 생활을 누리던 시절에 누군가 줄무늬 초록색 벽지를 한 장도 아닌 무려 다섯 장씩이나 덧발라 놓은 것이었다. 다섯 장의 벽지는 서로 밀착되어 있었지만, 다섯 장이 한꺼번에 벽에서 떨어져 나오는 바람에 얇은 벽 하나가 더 생긴 꼴이 되어버렸다. 이렇게 벽에서 떨어져 나온 벽지와 벽 사이에 생긴 틈새로 쥐들이 활보하고 다녔다. 뻔뻔스럽게도 자박자박 바스락거리며 천장까지 기어올라가곤 하는 것이었다. 그럴 때면 고양이는 분하다는 듯 바스락거리는 소리가 나는 곳을 노려보고 있을 뿐 속수무책이었다.

고양이는 이따금 바퀴벌레를 집어먹기도 했다. 못 먹을 것을 먹어서인지 고양이의 몸에도 변화가 일어나는 것 같았다. 신기하게도 바퀴벌레들은 난로와 부엌을 안채와 격리시키기 위해 세워둔 칸막이 벽 너머로 기어오지 않았다. 깨끗한 안채 쪽으로는 발을 들이지 않았던 것이다. 하지만 밤마다 부엌에 진을 치고 있었다. 늦은 밤에 물을 마시려고 부엌 불을 켜면 바닥, 의자, 벽에 온통 갈색 벽지라도 바른 듯 바퀴벌레들이 와글거렸다. 나는 화학실에서 붕사를 가져다가 빵가루에 섞어 바퀴약을 만들어두었다. 얼마간 바퀴벌레 수가 줄었지만, 마뜨료나는 혹시나 고양이가 독이 든 먹이를 먹으면 큰일이라며 말렸다. 결국 바퀴벌레 몰살계획은 수포로 돌아가고, 예전처럼 다시 바퀴벌레 소굴이 되었다.

매일 밤 마뜨료나가 먼저 잠자리에 들고 내가 책상에 앉아 있을 때면, 벽지 틈새로 쥐들이 경주를 하고, 그 소리에 질세라 바퀴벌레들은 하나로 단결되어 마치 머나먼

대양의 파도소리와 같은 소음을 내며 돌아다닌다. 하지만 나는 이내 그 소음들에 익숙해졌다. 그 소리에는 악의도 거짓도 없었다. 그것은 그저 그것들의 삶 자체였기 때문이다.

그리고 나는 포스터에 그려진 미인에게도 익숙해졌다. 그림 속 미인은 시종일관 침묵하며 나에게 벨린스키(러시아 문예비평가; 옮긴이), 판표로프(러시아 작가; 옮긴이)의 작품들과 기타 잡다한 책들을 들이대고 있었다. 그렇게 나는 마뜨료나의 집에 있는 모든 것들에 익숙해졌다.

마뜨료나는 새벽 네다섯 시쯤 일어난다. 마뜨료나의 집에 있는 벽시계는 27년 전 농촌소비조합에서 산 것이었다. 이 시계는 항상 제시간보다 빨리 갔지만, 마뜨료나는 단 한 번도 불평하지 않았다. 시계가 늦게 가는 것도 아니고, 오히려 아침 일찍 일어날 수 있어서 좋다고 말했다. 그녀는 침대에서 일어나면 제일 먼저 칸막이 벽 위의 부엌 전등을 켜고, 발소리를 죽이며 조심스럽게 난로를 지폈

다. 그러고는 산양 젖을 짜러 갔다(마뜨료나의 집에 있는 가축이라고는 뿔이 굽고, 더럽게 때가 탄 산양뿐이었다). 그 다음에는 물을 길어와서 주철로 만든 냄비 세 개를 올려놓고 밥을 하기 시작했다. 냄비 하나는 나를 위한 것이었고, 또 다른 하나는 산양 먹이를 끓이는 데 썼다. 그녀는 지하실에서 골라온 감자로 요리를 했다. 산양의 냄비에는 가장 작은 감자를, 중간 크기는 자신의 냄비에, 가장 알이 굵은 감자는 나의 냄비에 넣었다. 가장 알이 굵다고 해도 계란만한 정도였다. 마뜨료나의 밭은 모래땅인 데다가, 전쟁 전부터 비료도 뿌리지 않은 채 감자농사만 해왔기 때문에 그보다 굵은 감자는 찾아볼 수 없었다.

마뜨료나가 아침준비를 하는 동안에도 나는 세상모르고 잠을 잤다. 늦겨울 햇살이 얼굴을 비출 때쯤에야 부스스 눈을 뜨고 기지개를 한 번 켠 다음, 모포와 털외투 속에서 머리를 빼죽이 내밀었다. 나는 모포와 털외투를 덮고, 수용소 시절 입었던 솜옷을 발에 얹고 짚을 가득 채운

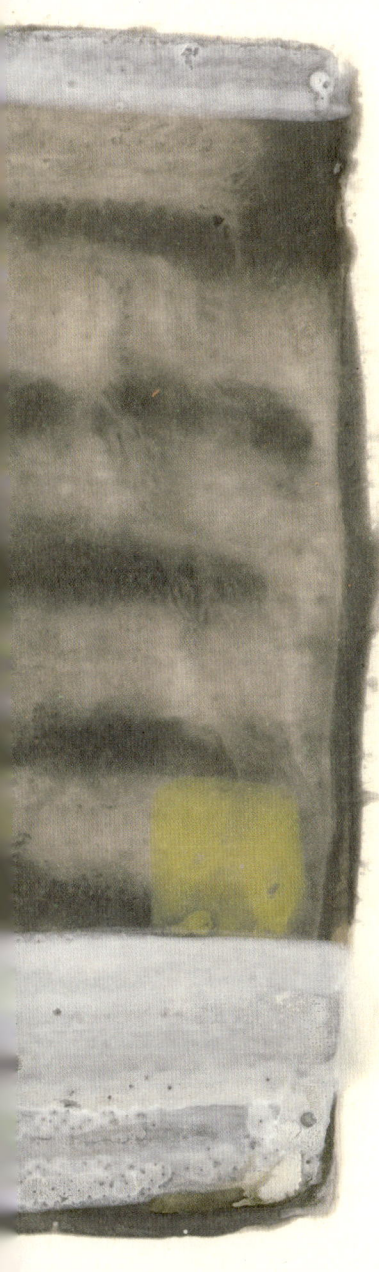

자루를 깔고 잤다. 이렇게 하면 낡은 창문 틈새로 파고드는 매서운 바람에도 따스하게 잘 수 있었다. 칸막이 벽 너머에서 조심스럽게 부르는 소리가 들리면 나는 언제나 생기 있게 대답했다.

"마뜨료나 아주머니! 안녕히 주무셨어요?"

그러면 칸막이 너머로부터 정다운 대답이 들려온다. 아주머니는 마치 옛날이야기를 들려주는 것처럼 따뜻하고 나지막한 목소리로 중얼거리기 시작한다.

"아이고, 잘 잤어요?"

그러고는 마침내 들려오는 한 마디!
"자, 아침식사가 준비됐어요."

마뜨료나는 아침메뉴가 무엇인지 말해준 적이 없다. 말하지 않아도 훤히 알기 때문이다. 껍질째 끓인 감자죽이거나, 감자로 만든 '카르톤 수프'(이 마을에서는 다들 그렇게 불렀다) 아니면 보릿가루로 끓인 수프였다(그 해 다른 곡물가루는 이 마을에서 살 수조차 없었다. 보릿가루도 돼지사료로 쓰여서 값이 저렴해서 사람들이 한 자루씩 사가는 통에 구하기 어려울 지경이었다). 이런 요리들은 싱거웠다. 게다가 가끔 탄 맛이 나기도 했다. 아침을 먹고 나면 입천장, 잇몸이 까지고, 속이 아프기도 했다.

하지만 그것은 마뜨료나 탓이 아니었다. 토르포프로둑트에는 버터와 마가린이 부족해서 쉽게 구할 수 있는 것은 합성유뿐이었다. 뿐만 아니라 내 생각에 전통러시아식 난로는 요리를 하기엔 부적합한 것 같다. 요리를 할 때 냄비받침이 보이지도 않고, 골고루 열이 전달되지도 않는

다. 그래도 한 번 불을 지펴놓으면 가축여물이나 물, 그리고 사람들이 먹을 요리나 음료를 끓이고 하루 종일 따뜻하게 유지할 수 있으며, 잠자리에 들 때까지도 집 안에 온기가 퍼진다. 바로 이런 장점이 있기에 오래 전 석기시대부터 우리 조상들에 이르기까지 이 난로가 사용되어왔는지도 모른다.

나는 차려진 음식은 어떤 것이든 깨끗이 비웠다. 혹여 머리카락, 이탄 가루, 바퀴벌레 다리 등 이물질이 들어 있으면 잠자코 꺼낸 후 나머지 음식을 먹었다. 마뜨료나를 원망할 생각은 없었다. 마뜨료나는 처음 만났을 때 이미 '변변한 식사조차 차려줄 수 없을 텐데, 그럼 미안해서 어쩌죠?'라고 말했으니까.

"맛있게 먹었습니다."

나는 진심으로 그렇게 말했다.

"네? 맛있게 드셨다고요? 겨우 이런 음식을?" 하면서도 마뜨료나의 얼굴엔 환한 미소가 번진다. 그러고는 순수하고 푸른 눈을 빛내며 물어보았다.

"그럼 밤참은 무얼 먹을까요?"

마뜨료나가 말한 밤참이란 저녁식사였다. 나는 전쟁터에 있는 동안 하루 두 끼만 먹고 지냈다. 사실 밤참으로 부탁할 만한 게 있는가? 마찬가지로 감자죽 아니면 카르톤 수프 중 하나일 테니까.

하지만 나는 그것만으로도 충분히 만족했다. 수많은 경험을 통해, 음식에서 삶의 의미를 찾을 수는 없다는 걸 이미 깨달았기 때문이었다. 내게는 음식보다 마뜨료나의 동그란 얼굴에 번지는 미소가 더욱 소중했다. 나는 몇 번이나 그녀의 미소를 사진 속에 담아보려고 했지만, 매번 맘처럼 되질 않았다. 차가운 기계인 카메라만 들이대면 마뜨료나의 표정은 금세 어색해지거나 지나치게 굳어버렸다.

그러던 어느 날 마뜨료나가 창밖의 무언가를 바라보며 웃고 있는 모습을 마침내 찍을 수 있었다.

그 해 가을 내내 마뜨료나는 고생을 했다. 이웃사람들은 마뜨료나에게 연금을 받을 수 있게 알아보라고 조언했다. 사실 마뜨료나는 의지할 사람도 없었고, 병이 악화되어 집단농장에서도 받아주지 않는 상태였다. 마뜨료나에게는 이해할 수 없는 일들이 참 많았다. 첫째, 질병을 앓고 있음에도 불구하고 환자로 인정받지 못했다. 둘째, 집단농장에서 25년 정도 일했음에도 불구하고, 일반 공장이 아닌 집단농장이라는 이유로 연금이 지급되지 않았다. 다만 호주, 즉 그녀의 남편 앞으로만 연금이 지급된다는 것이었다. 하지만 벌써 12년째 그녀의 남편은 소식조차 없었다. 게다가 전쟁 직후라, 남편의 임금이 얼마였는지 여기저기 알아본다는 것은 결코 쉽지 않았다. 일련의 귀찮은 절차를 거쳐야 했다. 예를 들어, 남편의 임금에 대해 문의를 하고, 만일 임금이 3백 루블이었다고 하면 그 금액에 맞게 서류를 맞춰야 했으며, 현재 마뜨료나는 독거노인이고, 그 누구도 그녀를 도와주고 있지 않다는 점을 증명해야 했다. 그러고는 자신의 나이를 서류에 기입하여, 사회보장과에 제출한다. 하지만 사회보장과에서 서류양식이 틀렸다고 하면 그녀는 다시 서류를 받아와서 수정한 다음 사회보장과를 찾아간다. 그걸로 끝이 아니라, 연금이 지급될지 여부를 알기 위해 직접 찾아가 물어봐야 했다.

더군다나 사회보장과는 탈리노보 마을에서 동쪽으로 20km나 떨어져 있었고, 농촌이사회는 서쪽으로 10km, 마을관리국은 북쪽으로 걸어서 한 시간이나 가야만 했다. 마뜨료나는 마침표 하나, 쉼표 하나 잘못 찍은 탓에 거의 두 달 동안 이곳저곳을 찾아다녀야 했다. 한 군데만 다녀와도 이미 하루가 가버렸다. 마을관리국에 가면 그날은 서기가 없다고 했다. 시골에서는 흔한 경우이긴 하나, 그렇게 없다고 하면 그날은 무슨 수를 써도 만날 수가 없었다. 그러면 마뜨료나는 다음날 다시 찾아갔다. 그러나 다음날에는 서기가 있어도 도장이 없다고 했다. 그럼 마뜨료나는 잠자코 다음날 다시 찾아갔다. 하지만 마뜨료나는

또 그 다음날에도 관리국을 다녀와야 했다. 관리국에서 착각하여 다른 서류에 서명을 하여 보관하고, 정작 필요한 서류는 마뜨료나가 몽땅 챙겨와 버렸기 때문이었다.

"이그나찌치(주인공의 이름; 옮긴이), 정말 힘드네요."

마뜨료나는 관리국에 헛걸음을 하고 온 날에는 그렇게 푸념을 했다.

"이젠 정말 지쳤어요."

하지만 그런 상황에서도 마뜨료나는 결코 이마를 찌푸리지 않았다. 나는 그녀가 마음을 안정시키는 확실한 방법을 알고 있음을 깨달았다. 그건 바로 일을 하는 것이었다. 그녀는 걱정을 하다가도 금방 삽을 들고 감자를 캐러 나갔다. 자루를 겨드랑이에 끼고 이탄을 주우러 가기도 하고, 엮어서 만든 광주리를 들고 저 멀리 숲으로 열매를 따러 가기도 했다. 그곳에서 그녀는 관리국 책상이 아닌, 울창한 숲 쪽으로 허리를 숙였다. 그렇게 자루나 광주리를 꽉 채워 등을 구부리고 돌아오는 마뜨료나의 표정은 매우

만족스러웠으며, 다시 그전처럼 평온한 미소를 지었다.

"오늘은 아주 딱 맞았어요! 어디가 좋은지 알았거든요!"

이탄을 주워온 날 마뜨료나는 이렇게 말했다.
"아주 좋은 곳을 찾았어요. 마음대로 골라서 실컷 담아 올 수 있거든요!"

"마뜨료나 바실리예브나! 제가 학교에서 받는 이탄으로는 부족한가요? 한 차 분량인데요."

"어머나, 학교에서 받아오시는 이탄이요? 어림도 없지요. 여기에서 겨울을 나려면 한바탕 전쟁을 치러야 한답니다. 난로를 계속 지펴도, 바람이 어찌나 틈새로 파고들던지. 그래서 작년엔 이탄을 수도 없이 주우러 다녔어요. 못해도 세 차 분량은 됐을 거예요. 그런데 이탄 주워가는 사람들을 감시한대요. 이 마을 여자 한 명도 재판을 받나 봐요."

마뜨료나의 말은 맞았다. 벌써 차가운 겨울공기에 입김이 나오기 시작했다. 마을 주변은 온통 숲이었지만, 땔감을 구하기가 어려웠다. 마을 주변의 습지대에서 굴착기가 끊임없이 이탄을 퍼 올렸지만, 마을 사람들은 이탄을 살 수 없었다. 죄다 높은 인사들이나 그 밑의 직원들이 챙겼던 것이다. 그밖에도 선생들, 의사들, 공장 근로자들에게 차로 실어 날랐다. 탈리노보 마을 사람들은 땔감

을 할당 받지 못했으며, 요청조차 할 수 없었다. 집단농장 의장은 마을을 돌아다니며 사람들의 표정을 살폈다. 때로는 집요한 눈빛으로, 때로는 무관심한 듯, 때로는 선량한 눈빛을 하며, 마음대로 떠들고 다녔다. 하지만 절대로 땔감에 대한 얘기는 언급하지 않았다. 본인은 이미 잔뜩 챙겨놓았기 때문이다. 겨울은 이미 성큼성큼 다가오고 있었다.

    결국 마을 사람들은 그 옛날 지주의 숲에서 땔감을 훔치듯, 이제 국영기업의 이탄을 몰래 가져왔다. 여자들은 좀 더 대담하게 움직이기 위하여 다섯 명씩, 열 명씩 함께 이탄을 가지러 갔다. 여자들은 낮에 이탄을 가져왔다. 여름에 채굴한 이탄은 건조를 위해 방치되어 있었다. 채굴 후 바로 운반하지 않는다는 것이 마을 사람들에겐 다행이었다. 이탄은 적어도 가을까지 말려야 했다. 교통이 끊기지 않는 한 눈이 오기 전까지 건조시켰다. 바로 이때가 마을 여자들이 활약하는 시기였다. 한 번에 젖은 이탄이라면 여섯 개, 마른 것이라면 열 개 정도씩 자루에 담아왔다. 그렇게 자루에 담아 3km를 운반해온 것(약 32kg)으로 하루 정도 불을 지필 수 있었다. 하지만 겨울은 200일이나 이어졌다. 어쨌든 난방은 해야 되므로, 아침에는 전통러시아식 난로를, 밤에는 네덜란드식 난로를 지폈다.

"예전이 나았지!" 하며 마뜨료나는 허공에 대고 화를 내며 말했다.

"말을 타지 않게 되면서 뭐든 다 짊어지고 다니니, 하루라도 등을 펼 새가 있나! 겨울엔 썰매 대신, 여름엔 짐마차 대신 이탄을 실어 나르고 있으니 말이야. 세상에나!"

마을 여자들은 하루에도 몇 번씩 이탄을 훔치러 갔다. 마뜨료나도 운이 좋은 날이면 여섯 자루씩 날라오기도 했다. 내가 학교에서 지급받은 '인정받은' 이탄은 보란 듯이 쌓아놓고, 자신이 훔쳐온 이탄은 마룻바닥 밑에 숨기고 매일 밤 입구를 막아두었다.

"적(국영기업을 의미하는 것; 옮긴이)이 내 소행을 눈치챘다

고 한들!"

마뜨료나는 이마에 맺힌 땀을 닦아내며 웃었다.

"이렇게 감춰두면 절대로 모를 거야."

국영기업도 어쩔 도리가 없었다. 넓은 습지대에 감시원을 둘 수도 없는 노릇이었다. 처음에는 채굴량을 많이 기재했다가, 결국에는 찌꺼기 비중만큼 줄었네, 비가 와서 줄었네 하면서 핑계를 댔으리라. 가끔 불시에 검문을 강화해서 마을 어귀에서 이탄을 들고 가는 여자들을 붙잡기도 했다. 그럴 때면 여자들은 자루를 내팽개치고 걸음아 날 살려라 도망쳤다. 또 가끔은 관리국에서 밀고를 받고, 불시에 들이닥쳐 정해진 양보다 이탄이 많은 경우 조서를 쓰고, 또 재판에 회부하겠다고 협박했다. 하지만 그런 으름장도 잠시뿐, 여자들은 곧 들이닥칠 겨울을 생각하며 다시 매일 밤 썰매로 이탄을 날랐다.

마뜨료나와 가까이 지내며 알게 된 것은, 그녀는 요리나 집안일 외에도 항상 무언가 일을 한다는 것이었다. 그녀는 일의 순서를 명확히 정해두고, 매일 아침 무엇을 해야 할지 파악하는 것 같았다. 예를 들면, 이탄을 운반해오고, 트랙터가 밀고 간 자리에서 나무뿌리를 캐오고, 겨울을 대비해 복숭아 술을 담그고(그녀는 "이걸 마시면 치아가 깨끗해질 거예요." 하면서 내게 권했다), 감자를 캐고, 연금을 알아보러 관리국에 다녀오고, 마지막으로 더러운 산양 한 마리를 위한 건초를 구해오는 것이었다.

"마뜨료나, 왜 소는 기르지 않으세요?"

"아, 그건 말이죠."

마뜨료나는 얼룩진 앞치마를 두른 채 부엌에서 내 책상 쪽을 돌아보며 말했다.

"산양 젖으로 충분하니까요. 소는 덩치가 커서 오히려 내가 먹힐 거예요. 또 소에게 먹일 풀을 베러 철도에 들어갈 수도 없고, 주인이 있는 숲에 들어갈 수도 없으니까요. 집단농장에서도 이젠 날 들여보내 주지 않아요. 나중에 눈이 녹아서 풀을 벨 때가 오면 어쩌려는 건지…… 예전

엔 정말 즐거웠어요. 성 베드로 축일부터 시작해 성 일리야 축일까지 풀을 벨 때 말이죠. 정말 아름다운 풀밭이었는데……."

볼품없는 산양 한 마리에게 먹일 건초를 구하는 것도 그녀에겐 힘든 일이었다. 그녀는 이른 아침부터 자루를 메고, 한 손에는 낫을 들고 나섰다. 습지대의 샛길, 강가, 작은 섬까지 예전의 기억을 더듬어 쓸 만한 풀이 있는 곳을 찾아다녔다. 그렇게 모아온 풀은 그대로 자루 안에 두었다. 그러면 저절로 말라서 산양을 위한 건초자루가 되었다.

최근 도시에서 새로 부임해온 집단농장 의장은 이 마을에 오자마자 환자들의 사유지를 삭감했다. 마뜨료나에게는 1500m^2의 모래밭만 남았고, 담장 너머 1000m^2는 더 이상 그녀의 소유가 아니었다. 하지만 일손이 부족하거나 집단농장 여자들이 일을 하지 않겠다고 고집을 피울 때면 의장부인이 마뜨료나를 찾아왔다. 그녀는 도회적인 이미

지에 결단력 있는 모습이었다. 짧은 회색 반코트를 입고 매서운 눈초리를 하고 있어서 마치 여군 같아 보였다.

그녀는 마뜨료나의 농가에 들어와서 인사도 생략한 채 마뜨료나를 엄한 표정으로 쳐다보았다. 그럴 때면 마뜨료나는 안절부절 못했다.

"자!" 의장 부인은 똑 부러지게 말했다.

"마뜨료나 동무! 집단농장 일을 좀 도와줘야겠어요. 매일 분뇨 치우는 걸 도우러 오세요!"

그러면 마뜨료나는 송구하다는 표정을 지었다. 마치 집단농장에서 자신에게 임금을 지불하지 않은 것에 대해 의장 부인에게 사과하는 것처럼 말이다.

"그게 말이죠." 하며 마뜨료나는 우물거린다.

"제가 몸이 좀 아파서요. 그리고 이젠 귀댁 일을 돕고 있는 상황도 아니고 해서."

그러고는 재빨리 말을 바꿨다.

"몇 시까지 갈까요?"

"갈퀴는 챙겨오세요!" 하며 의장부인은 못을 박고는 치맛자락을 바스락거리며 나가버렸다.

"대체 무슨 소리야!"라며 마뜨료나는 뒤늦게 불평을 했다.

"갈퀴를 챙겨오라고? 집단농장엔 삽도 없고 갈퀴도 없나? 난 도와주는 남자 하나 없이 사는데, 누구 하나 날 도와준 적 없는데?"

그러고는 저녁 내내 고민을 했다.

"어쩌겠어요, 이그나찌치! 일손이 필요한 게 당연하죠. 퇴비가 없으면 농사를 지을 수가 없으니까요. 정말 집단농장 사람들 일하는 꼴이라니, 어처구니가 없답니다. 그저 멍하니 삽에 기대서 12시 사이렌이 울리기만 기다리죠. 그러면서도 누가 출근을 했는지 안 했는지 장부에 적어두지요. 우리는 그런 사이렌 없이도 점심 저녁이 눈 깜짝할 사이에 지나갈 만큼 열심히 일하는데 말이에요."

그러다 날이 밝으면 마뜨료나는 결국 자신의 갈퀴를 챙

겨서 일하러 갔다.

그녀에게 일을 부탁하는 것은 집단농장뿐만이 아니었다. 먼 친척이나 이웃사람들도 저녁 무렵에 찾아와서는 이렇게 부탁하곤 했다.

"마뜨료나, 내일 좀 도와줄래요? 감자를 전부 캐야 하는데."

그럴 때면 마뜨료나는 거절하지 못했다. 정작 자기 일은 미루고 이웃집 일을 도와주러 갔다. 돌아와서도 결코 불평한 적이 없었다.

"이그나찌치! 그 집 감자가 얼마나 큰지 몰라요! 어찌나 재미있던지 그만하고 오기가 아쉬울 정도였어요. 정말이에요."

뿐만 아니라 채소밭에 괭이질을 할 때도 어김없이 마뜨료나의 손을 빌렸다. 탈리노보 마을의 여자들은 혼자서 자기 밭의 괭이질을 하는 것보다, 여섯 명이 다 같이 여섯 군데 밭을 가는 게 더 편하고 효율적이라고 믿는 것 같았

다. 그럴 때면 항상 마뜨료나를 불렀다.

"마뜨료나에게 수당은 주시나요?"라고 나는 그들에게 물어본 적이 있었다.

"그녀는 돈을 받지 않아요. 한사코 됐다는 걸 주머니에 챙겨주기도 하지만요."

그보다 더 번거로운 일은 산양몰이꾼들에게 식사를 차려주는 당번이 마뜨료나 차례가 되었을 때였다. 산양몰이꾼 중 한 명은 귀머거리에 벙어리인 건장한 남자였고, 또 다른 한 명은 코흘리개 소년이었다. 이 당번은 한달 반에 한 번 정도 차례가 돌아왔는데, 그때마다 마뜨료나는 많은 돈을 썼다. 그녀는 소비조합에 나가서 생선통조림, 본인은 먹지도 않는 설탕, 버터 등을 사왔다. 나중에 알게 된 바로는, 마을 여자들은 산양몰이꾼들에게 서로 잘해주려고 경쟁을 한다고 했다.

"재봉사나 산양몰이꾼은 무서워요." 하며 마뜨료나는 설명했다.

"뭔가 마음에 들지 않으면 온 동네에 나쁜 말을 하고 다니거든요."

그렇게 무리를 하고 나면, 마뜨료나는 심하게 앓았다. 한 번 자리에 눕게 되면 하루 이틀은 마냥 누워만 있었다. 아프다고 호소하거나 신음소리를 내진 않았지만, 마치 시체처럼 꼼짝도 하지 않았다. 그럴 때면 젊은 시절부터 마뜨료나와 친하게 지낸 '마샤'라는 여자친구가 찾아와서 산양도 돌보고 난로도 피워주곤 했다. 마뜨료나는 물도, 음식도 먹지 않고, 무엇 하나 부탁하지도 않았다. 탈리노보 마을에서 보건소의 의사를 부른다는 것은 흔치 않은 일이었고, 이웃사람들의 눈치도 보이는 일이었다. '어느 지주부인님께서 의사를 부르는 거야?' 하면서 비아냥거렸기 때문이다. 딱 한 번 의사를 부른 적이 있었다. 그때 온 여의사는 못마땅한 표정으로 마뜨료나를 쳐다보면서 상태가 좀 나아지면 보건소로 직접 오라고 지시했다. 마뜨료나는 착하게도 아픈 몸을 이끌고 보건소를 다녀왔다.

그녀의 검진결과가 구립병원에 전달되긴 했지만, 이후로는 감감무소식이었다. 그렇게 된 데는 어느 정도 마뜨료나의 책임도 있었을 것이다.

그러나 일이 병을 고쳤다. 마침내 마뜨료나는 자리를 털고 일어났다. 처음엔 힘이 없어 보였지만, 금세 쌩쌩해져서 돌아다녔다.

"이그나찌치, 내가 예전에 어땠는지 모르죠?" 하며 마뜨료나는 변명하듯 말했다.

"나는 예전에 82kg은 거뜬히 들었어요. 시아버지는 나에게 그러다 등이 부러지겠다고 걱정을 하셨죠. 내가 짐을 실은 수레에는 말도 다가오려고 하지 않았어요. 우리 집에는 '볼초크'라는 군마가 있었는데, 아주 힘이 셌죠."

"집에 어떻게 군마가 있었나요?"

"그 전에 키우던 말은 전쟁터로 끌려가고, 대신 부상당한 군마를 얻었어요. 한 번은 그 말이 심통이 나서 썰매를 끌고 호수로 내달린 적이 있어요. 남자들은 기겁을 하고 모두 도망쳐 버렸지만, 내가 가서 고삐를 잡아 세웠죠. 그 말은 귀리를 좋아했어요. 남자들도 사료 먹이는 건 잘 도왔죠. 귀리를 먹이면 말이 지치지도 않는다고들 했어요."

그렇다고 마뜨료나가 전혀 겁이 없었던 건 아니었다. 그녀는 화재, 천둥 그리고 왜인지는 모르나 기차를 몹시 무서워했다.

"예전에 체루스찌에 일이 있어서 간 적이 있는데, 네차예프키에서 기차 한 대가 철로를 덜컹거리며 무섭게 눈을 부라리며 달려오는 거예요. 세상에, 온몸에 열이 끓고 사지가 와들와들 떨렸어요. 그렇게 무서웠던 적은 난생 처음이었어요."

마뜨료나는 그때 생각이 나는지 어깨를 움츠렸다.

"마뜨료나, 차표를 구하는 게 어려웠기 때문이기도 하겠죠?

"역의 매표소에서요? 맞아요. 일등칸 차표밖에 안 팔더라고요. 근데 기차는 금방이라도 출발할 것만 같았어요.

머릿속만 온통 어지러웠죠! 남자들은 사다리를 타고 기차 지붕으로 올라갔어요. 우리는 승강구가 열린 칸을 찾아서 무작정 차표도 없이 올라탔어요. 막상 기차 안에는 평범한 사람들만 바닥에 누워 자고 있더라고요. 대체 왜 표를 팔지 않은 건지 모르겠어요. 정말 인정머리 없는 사람들이 많은 것 같아요……."

그 해 겨울 마뜨료나의 형편이 조금 나아졌다. 마침내 80루블 정도의 연금을 타게 된 것이었다. 게다가 학교와 내가 100루블 정도 지불하고, 그밖에도 소소한 수입이 있었다.

"어머나! 마뜨료나는 이제 살만하겠네. 안 그래?" 하면서 이웃집 여자들은 시샘을 했다.

"노인네가 갑자기 돈을 벌었으니, 어디 쓸 데도 없지 않을까?"

"연금이라고? 정부가 하는 말을 어떻게 믿겠어? 당장 내일이라도 안 줄지 몰라."라고 말하는 사람들도 있었다.

마뜨료나는 겨울용 펠트장화를 맞추고, 솜이 든 겨울용 옷도 샀다. 이 집에 함께 살던 마뜨료나의 양녀 '끼라'의 남편이 체루스찌의 기관수였는데, 마뜨료나는 끼라의 남편한테서 철도원들의 헌 외투를 얻어다가 수선을 했다. 마을의 꼽추 재봉사에게 부탁하여 외투에 솜을 넣으니 아주 훌륭한 옷이 되었다. 마뜨료나는 그런 좋은 외투는 처음 입어본다고 했다.

추위가 기승을 부리던 어느 겨울 날, 마뜨료나는 그 외투의 안감에 장례비용으로 쓸 2백 루블을 넣고 꿰매었다. 그녀는 기쁜 듯 말했다.

"이그나찌치, 이제야 내 마음이 놓이는 것 같아요."

12월에도, 1월에도 마뜨료나는 아프지 않고 건강하게 지냈다. 한가한 날이면 친구인 마샤네에 가서 해바라기 씨를 까먹으며 수다를 떨곤 했다. 내가 신경 쓰여서인지 마뜨료나는 집에 손님을 초대하지 않았다. 단 한 번 세례절에 학교에서 돌아와보니 집에서 춤사위가 벌어지고 있

었다. 마뜨료나는 친동생들 세 명을 내게 소개시켜 주었다. 세 사람은 마뜨료나를 언니처럼, 엄마처럼 대했다. 나는 그날 마뜨료나의 동생들을 처음 보았다. 동생들은 언니가 돈이라도 꿔달라고 하지 않을지 두려웠던 걸까?

어느 날 마치 복선과도 같은 한 가지 사건이 있었다. 그 일로 마뜨료나는 상심했다. 그녀는 그날 5km나 떨어진 교회의 세례식에 갔었다. 다른 사람들의 주전자 사이에 자신의 주전자를 두었는데, 세례식이 끝난 후 사람들이 서로 밀치며 자신의 주전자를 찾는 사이 (마뜨료나는 뒤늦게 줄을 서고 있었다), 마뜨료나의 주전자가 온데간데없이 사라진 것이다. 주전자가 있던 자리에는 아무것도 없었다. 마치 악마가 나타나 주전자를 빼앗아 간 것처럼 사라진 것이었다.

"여러분!"

마뜨료나는 기도 중인 여자들을 훑어보며 말했다.

"누가 남의 성수를 가져갔나요? 주전자에 든 성수 말이

에요."

하지만 아무도 대답하지 않았다. 결국 그날 교회에 아이들이 많았으므로, 아이들의 장난이라고 결론내리고 말았다. 마뜨료나는 몹시 슬픈 표정으로 돌아왔다.

그렇다고 마뜨료나가 신앙심이 깊은 여자였다고 말할 순 없다. 심지어 이교도처럼 미신에 집착하기도 했다. 성 요한 정진일에 채소밭에 들어가면 이듬해 흉작이 온다거나, 눈보라가 치는 건 누군가 어디서 목을 매달았다는 의미라거나, 문에 발을 찧으면 손님이 온다거나 한다고 말했다. 내가 마뜨료나의 집에서 하숙을 하는 동안, 그녀가 기도하거나 성호를 긋는 걸 본 적이 없었다.

하지만 마뜨료나는 어떤 일을 할 때마다 '하느님께서 함께 하시길!'이라고 말했다. 그녀는 내가 학교에 출근할 때도 '하느님께서 함께 하시길!'이라고 말했다. 어쩌면 항상 마음속으로 기도를 드렸을지도 모른다. 다만 내가 신경 쓰이거나, 나에게 강요하는 것 같아서 속으로만 기도를 했는지도 모른다. 마뜨료나의 집에는 성상화가 걸려 있었다. 평소에는 불을 켜지 않았지만, 기도일이나 축일에는 반드시 등불을 켜두었다.

어쨌든 마뜨료나는 이 집에 사는 고양이보다도 죄를 덜 지었을 것이다. 고양이는 쥐라도 죽였으니 말이다……. 힘들던 가정형편이 나아져서인지, 마뜨료나는 내가 틀어놓은 라디오에도 귀를 기울였다(나는 밤마다 라디오 플러그를 꽂아 두었다. 마뜨료나는 플러그를 '플라고'라고 발음했다).

그 해 일주일에 두세 번은 다른 나라 사절단들이 방문하고, 그러면 그들을 여기저기 도시들로 안내하고, 집회를 소집했다. 매일같이 라디오에선 공식연회, 만찬, 조찬 등에 대한 중요한 보도를 전했다.

마뜨료나는 얼굴을 찌푸리며 한숨을 쉬었다.

"매일같이 찾아오는군. 너무 많이 오는 것 같아."

라디오에서 새 기계가 발명되었다는 뉴스를 듣자, 마뜨

료냐는 부엌에서 중얼거렸다.

"다들 새로운 기계가 나왔다며, 낡은 것들은 쓰지 않지. 예전의 낡은 것들은 다 어디 갔을까?"

또 어느 날엔 비행기로 구름을 몰아낼 수 있다는 뉴스를 듣자, 마뜨료나는 난롯가에 누워서 고개를 저었다.

"아이고, 전부 다 바꿔버리겠군. 겨울이나 여름까지도 말이야."

그 다음으로 샬랴핀이 부르는 러시아 민요가 흘러나왔다. 마뜨료나는 조용히 노래를 듣다가 말했다.

"정말 노래를 잘 하는군. 그래도 러시아식은 아니야."

"마뜨료나, 무슨 말씀이세요. 다시 잘 들어보세요."

마뜨료나는 다시 귀를 기울였다. 그러고는 입술을 깨물며 말했다.

"달라요. 노래가 이어지는 부분이 러시아식이 아니에요. 창법도 그렇고."

마뜨료나가 칭찬을 한 적도 있었다. 글린카의 가곡 연

주회가 있던 날이었다.

실내가곡이 다섯 곡쯤 흘렀을 때, 마뜨료나는 감격에 찬 표정으로 두 손을 맞잡고 부엌에서 나왔다. 그녀의 침침해진 눈가에 어느 새 눈물이 고여 있었다.

"그래, 바로 이거야! 우리들의 노래!"라고 마뜨료나는 나지막하게 속삭였다.

2

우리는 그렇게 서로 익숙해져서 편안하게 지냈다. 내가 저녁에 오래도록 일을 할 때에도, 마뜨료나가 수많은 질문들을 해도 방해되지 않았다. 다른 여자들과 달리 호기심이 없어서인지 아니면 오히려 더욱 세심해서인지 마뜨료나는 나에게 결혼했는지 묻지 않았다. 하지만 탈리노보 마을의 다른 여자들은 마뜨료나에게 나에 대해 묻곤 했다. 그럴 때마다 마뜨료나는 이렇게 대답했다.

"궁금하면 직접 물어보세요. 난 그가 저 멀리에서 왔다는 것만 아니까요."

하숙을 하기 시작한 지 얼마간의 시간이 흐른 뒤, 나는 오랫동안 감옥에 있었다고 말했다. 마뜨료나는 그저 고개를 끄덕였다. 마치 전부터 그런 줄 알았다는 듯이.

나도 현재의 외로운 노인의 모습인 마뜨료나를 있는 그대로 받아들일 뿐, 그녀의 과거를 캐묻지 않았다. 굳이 캐내야 할 이야기는 없을 것만 같았다.

나는 마뜨료나가 혁명 전에 결혼을 했고, 지금 살고 있는 집으로 시집을 왔으며, 그때부터 난로를 직접 지폈다고 들었다(남편에겐 어머니와 누이가 없었기 때문에, 마뜨료나는 시집오자마자 난로를 지피게 된 것이다). 마뜨료나는 여섯 명의 아이를 낳았지만, 모두 갓난아기일 때 죽어버렸다. 심지어 마지막 두 명은 태어나자마자 죽었

다. 그 후 끼라를 양녀로 맞았다. 마뜨료나의 남편은 전쟁터에서 아무런 소식도 없이 돌아오지 않았다. 장례식도 치르지 않았다. 마을 사람들 중 남편과 같은 부대에 있었던 사람이 말하길, 마뜨료나의 남편은 포로로 끌려갔거나 전쟁터에서 전사했을 것이라고 했다. 어쨌든 남편의 시체를 찾지 못했으니까 말이다. 전쟁이 끝나고 11년이 지나도록 남편이 돌아오지 않자, 마뜨료나는 남편이 죽었다고 생각했다. 차라리 그렇게 생각하는 것이 더 속 편했다. 만약 살아 있다면, 브라질이나 호주 어딘가에서 재혼을 했으리라. 이미 탈리노보 마을도, 러시아어도 잊은 지 오래이리라······.

어느 날 학교에서 퇴근하고 오니, 마뜨료나의 집에 누가 찾아와 있었다. 키가 크고 얼굴이 검은 노인이 무릎 위에 모자를 얹어놓은 채 네덜란드식 난롯가에 앉아 있었다. 그의 얼굴에는 온통 까만 수염이 덮여 있었다. 턱수염과 콧수염이 덥수룩해서 입술은 거의 보이지 않았다. 그리고 구레나룻도 짙게 자라 귀를 대부분 가리고 있었으며, 머리숱도 많았다. 짙은 눈썹도 거의 일자로 붙어 있었다. 온통 까만 수염이었고, 마치 둥근 지붕처럼 이마가 벗겨져 있었다. 그 노인은 지혜롭고 후덕한 외모를 하고 있었다. 그는 바닥에 지팡이를 대고 거기에 지탱한 채 정자세로 앉아 있었다. 칸막이 너머에서 분주한 마뜨료나와 대화도 없이, 끈기 있게 기다리고 있었다.

내가 안으로 들어가자, 그 노인은 멋진 머리를 내 쪽으

로 돌리며 나를 불렀다.

"선생님! 눈이 침침해 잘 보이진 않습니다. 제 아들녀석이 선생님께 배우고 있죠. 그리고리예프 안토쉬카 말입니다……."

더 들어보지 않아도 나는 잘 알고 있었다. 나는 그 멋진 노인을 조금이라도 돕고 싶은 마음에 그가 오래도록 말하지 않도록, 그가 무엇에 대해 말하는지 금방 알아차렸다. 그리고리예프 안토쉬카는 포동포동하고, 볼이 발그레한 8학년 G반 학생이었다. 마치 블린(러시아식 팬케이

크; 옮긴이)을 배부르게 먹고 난 고양이 같아 보이는 학생이었다. 안토쉬카는 학교에 쉬러 온다고 생각하는지, 책상 앞에서도 늘 게으른 표정으로 웃고 있었다. 한 번도 예습을 해오지 않았다. 문제는 그 지역 학교의 학생학습능력을 유지하기 위해, 매년 안토쉬카를 다른 학교로 전학시킨다는 데 있었다. 그래서인지 안토쉬카는 선생님이 야단을 쳐도, 어차피 전학을 갈 것이라는 생각에 귀를 기울이지 않았다. 마치 선생님들을 놀리기라도 하듯이 말이다. 벌써 8학년임에도 불구하고, 안토쉬카는 분수도 모르고, 도형도 이해하지 못했다. 첫 학기 중간고사에서 그는 온통 2점을 받았다(러시아 학점제는 5점이며, 2점은 낙제점수이다; 옮긴이). 그 다음 학기 중간고사도 마찬가지일 것이라고 예상될 정도였다.

눈이 침침해서 장님이나 다를 바 없는, 안토쉬카의 아버지가 아니라 할아버지뻘은 되어 보이는 이 노인이 나에게 허리를 숙이면서 말하는데, 학교에서 매년 아드님을

기만하고 있다, 나도 더 이상은 참을 수 없다, 안토쉬카 때문에 학급 전체가 엉망이 될 것 같다, 나도 내 일과 지위를 스스로 비하시키고 있는 셈이다라고 차마 말할 수 없었다.

나는 인내심을 갖고, 댁의 아드님이 학교에서도 집에서처럼 거짓말을 하고 있으니, 일기장을 좀 더 자주 검사하고, 집에서도 학교에서도 좀 더 엄하게 가르쳐야 한다고 말했다.

"지금도 아주 엄하게 가르칩니다."라고 노인은 단언했다.

"아주 엄하게 때리고 있어요. 제가 이래 보여도 팔 힘이 아직 좋거든요."

그 노인과 얘기하다가, 불현듯 예전에 마뜨료나가 안토쉬카에게 점수를 좀 잘 주라고 부탁한 게 생각났다. 나는 그때 안토쉬카가 마뜨료나의 친척인지 묻지도 않고, 바로 거절해버렸다. 그 생각이 나서 마뜨료나를 쳐다보니, 아니나 다를까 마뜨료나가 부엌 입구에 서서 안타까운 표정을 하고 있었다. 파제이 미로노비치는 앞으로 좀 더 엄하게 아들을 가르치겠다고 말하고 갔다. 그가 나간 뒤, 나는 마뜨료나에게 물었다.

"마뜨료나, 어째서 안토쉬카에게 신경을 쓰는 거죠?"

"아주버님의 아들이니 내 조카잖아요."라며 마뜨료나는 무심히 대답하고 산양 젖을 짜러 나갔다.

그 노인이 바로 마뜨료나 남편의 형이었던 것이다.

그 후 기나긴 저녁 시간이 흘렀다. 마뜨료나는 더 이상 그 얘길 꺼내지 않았다. 하지만 이윽고 밤이 되고, 나는 이미 그 노인에 대해 잊고 바퀴벌레 떼의 소리와 기둥시계 소리를 들으며 일에 전념하고 있었다. 그런데 갑자기 어두운 방에서 마뜨료나의 목소리가 들렸다.

"이그나찌치, 사실 난 그분과 결혼하려고 했어요."

나는 마뜨료나가 방에 있다는 것도 잊은 채 일에 몰두하고 있었지만, 어둠 속에서 들려온 마뜨료나의 목소리는

마치 그 노인에게 애원하는 것처럼 애절했다.

마뜨료나는 분명 저녁 내내 그 일을 생각했을 것이다.

그녀는 마치 자신이 뱉은 말을 책임이라도 지려는 듯, 낡은 누더기를 깔아둔 침대에서 일어나 나에게 다가왔다. 나는 몸을 돌려 마뜨료나를 쳐다보았다. 지금까지 볼 수 없었던 모습이었다.

무화과나무가 자라서 천장의 불빛을 가리고 있었다. 책상 스탠드 빛이 나의 공책 끝자락만 비추고 있었다. 그 불빛으로 방 안이 장밋빛으로 물들어 있었다. 그 속에 있는 마뜨료나의 볼도 노란색이 아니라 장밋빛으로 물들어 보였다.

"예핌(마뜨료나의 남편; 옮긴이)보다도 그가 먼저 청혼했었죠……. 그가 형이었으니까……. 내가 열아홉, 파제이가 스물셋이었을 때에요. 두 형제 모두 이 집에 살았을 때였죠. 이 집은 그들 집이었어요. 두 사람의 아버지께서 지으셨죠."

나는 주위를 둘러보았다. 쥐들이 활보하는 벽지 너머로부터 낡아버린 이 회색 집의 예전 생기 있던 모습이 보이는 것 같았다. 이렇게 더럽고 볼품없어지기 전의 모습, 이제 막 대패질을 끝내서 상쾌한 향기마저 나던 때의 모습이 말이다.

"그래서 어떻게 하셨어요? 어떻게 되었나요?"

"그 해 여름…… 나와 그 분은 함께 숲에 가곤 했어요." 라며 마뜨료나는 속삭이듯 말했다.

"지금은 벌목을 해서 말을 키우는 장소로 변해버렸지만…… 거의 결혼을 할 뻔했는데……. 이그나찌치, 그런데 갑자기 독일과 전쟁이 터져서, 파제이는 군대에 끌려가고 말았어요."

그녀의 말을 듣자, 1914년 청색, 백색, 황색의 7월이 떠올랐다. 여전히 평화롭고, 구름이 떠다니는 하늘과 추수에 뿌듯해하는 사람들이 떠올랐다. 그 속에 있었을 마뜨료나와 낮에 본 노인의 모습을 그려보았다. 등에는 긴 낫

을 메고 있는 건장한 젊은 남자와 이제 막 수확한 보리를 가슴에 안고 볼이 발그레한 젊은 여자의 모습…… 그들의 노랫소리…… 농기계를 사용하는 요즘 시대엔 들을 수 없는 노래가 들려오는 듯했다.

"하지만 그는 한참 동안 전쟁터에서 돌아오지 않았어요. 난 3년이라는 세월을 기다렸어요. 하지만 아무런 소식도 없고, 그에 대해 아는 사람도 없었어요."

이제는 색이 바랜 낡은 두건을 쓴 마뜨료나의 동그스름한 얼굴이 스탠드 불빛 아래에 보였다. 주름살도 없고, 누더기 천도 걸치지 않은 젊은 여인의 모습이 겹쳐져 보였다. 중요한 선택의 기로에 섰던 처녀의 모습이.

나는 그 당시 어떠했을지 이해가 되었다……. 낙엽이 지고, 눈이 내리고, 다시 그 눈이 녹고…… 다시 밭을 갈고, 씨를 뿌리고, 또 추수를 했겠지……. 그리고 다시 낙엽이 쌓이고, 눈이 쌓였겠지. 그리고 혁명이 몰아치고…… 뒤이어 또 한 차례의 혁명이 일어나고……. 그렇게 세상이 뒤바뀌어버렸다.

"예핌은 어머니가 돌아가시자 나에게 청혼을 했어요. 형님과 결혼해서 자기 집안으로 들어오려 했으니, 어쨌든 들어오라는 거였죠. 예핌은 나보다 한 살 어렸어요. 이 마을에서 말하길, 현명한 처녀는 성모축일 후에 시집가고, 멍청한 처녀는 성 베드로 축일 후에 간다고들 말해요. 나는 멍청한 처녀처럼 성 베드로 축일쯤 결혼했어요. 그런데 그 해 성 니콜라 축일에…… 파제이가 돌아왔어요……. 헝가리에 포로로 끌려갔었다더군요."

마뜨료나는 눈을 감았다.

나도 조용히 그녀를 바라보고 있었다.

마뜨료나는 그때 그 순간이 떠오르는 듯 출입구 쪽을 바라보았다.

"어느 날 문득 파제이가 문간에 서 있는 거예요. 나는 놀라서 소리를 질렀어요. 얼른 뛰어가 안기고 싶었죠! 하지만…… 차마 그럴 수 없었어요. 그때 파제이가 말했어

요. '그놈이 친동생만 아니었더라면 둘 다 도끼로 찍어버렸을 것이다!'라고요."

나는 일순간 소름이 돋았다. 마뜨료나가 긴장하고, 떨면서 얘기해주자, 그 때 그 순간 문간에 서서 마뜨료나에게 도끼를 겨누고 있는 그의 모습이 생생하게 그려졌다.

마뜨료나는 다시 흥분을 가라앉히고 의자에 등을 기대고는 마치 노래를 하듯 말했다.

"그는 참 특이했어요. 마을에 젊은 처녀들이 많았는데도, 장가를 가지 않았거든요. 나와 똑같은 이름을 가진 여자, 제2의 마뜨료나를 찾는다고 말했죠. 그는 결국 리포프카 마을에서 마뜨료나라는 여자를 데려다가 살았어요. 그 때 지은 집에서 아직도 살고 있어요. 학교 가는 길에 그 집을 지나서 갈 거예요."

아, 그랬다! 나도 그 제2의 마뜨료나라는 여자를 본 적이 있다. 나는 그녀가 별로 마음에 들지 않았다. 그녀는 우리 집 마뜨료나를 찾아와 푸념을 하곤 했다. 남편이 폭력

73

을 쏜다거나, 구두쇠라거나, 이렇게 힘들게 사는 사람은 또 없을 거라며 한참을 울곤 했다. 그녀의 목소리는 항상 우는 소리였다.

하지만 우리 집 마뜨료나는 더 이상 그녀를 동정하지 않았다. 파제이가 제2의 마뜨료나를 괴롭힌 것은 이미 어제 오늘 일이 아니었기 때문이다.

"우리 남편은 한 번도 매를 든 적이 없어요."라며 마뜨료나는 예핌을 떠올렸다.

"다른 남자들하고는 싸우기도 했지만, 집에 와서 나를 때린 적은 없었어요……. 아, 예전에 내가 시누이와 다툰 적이 있었는데, 그때 화를 내며 숟가락으로 내 이마를 때려서 상처가 난 적이 있어요. 나는 화가 나서 자리를 박차고 일어나서는 '이런 게으름뱅이들! 죽어버려!'라고 소리치고는 숲으로 달아났어요. 그 뒤로는 나에게 손찌검을 하지 않았어요."

사실 파제이가 불평할 이유는 하나도 없는 것 같았다.

제2의 마뜨료나는 아이를 여섯이나 낳았고(그 막내가 우리 반 안토쉬카였다), 모두 잘 키웠지만, 우리 집 마뜨료나와 예핌 사이에 태어난 자식들은 모두 죽었으니 말이다.

우리 집 마뜨료나의 자식들은 3개월도 채우지 못하고 큰 병을 앓지 않아도 그냥 죽어버리고 말았다.

"옐레나라고 이름 지었던 딸아이는 목욕을 시키고 있는데 죽었어요. 애써 받아 놓은 목욕물이 무색하게 말이에요……. 내가 시집온 날이 성 베드로 축일인데, 알렉산드라라는 여섯째 딸의 장례식이 성 베드로 축일에 열렸죠."

자꾸 자식이 죽자, 마을 사람들은 마뜨료나의 몸 어딘가가 썩고 있는 거라고 말했다.

"내 몸 어딘가 썩어 있는 거예요!"

마뜨료나는 정색을 하고 고개를 끄덕였다.

"하루는 여자 수도사가 나를 끌고 가서는 자꾸만 재채

기를 하라고 했어요. 몸 안에 썩은 것이 개구리처럼 튀어 나올 거라면서요. 그렇다고 튀어나오는 것은 아무것도 없었어요."

그렇게 지내는 동안 세월이 흘러갔다. 이후 1941년, 파제이는 그때도 시력이 나빠서 군대에 징집되지 않았다. 대신 그의 동생인 예핌이 군대에 동원되었다. 1차 대전 때 형이 돌아오지 않았던 것처럼 2차 대전 때는 동생이 소식도 없이 사라진 것이다. 하지만 형과 달리 동생은 영영 돌아오지 않았다. 그 옛날 풍족하게 살던 시절은 가고, 이 집만 덩그러니 남아서 마뜨료나 혼자 외롭게 살아왔던 것이다.

그러던 어느 날, 마뜨료나는 남편에게 학대받는 제2의 마뜨료나에게 '당신의 아이를 키우고 싶다(어쩌면 파제이의 피가 흐르는 아이를 키우고 싶었는지도)'고 말하고 끼라를 양녀로 맞았다.

마뜨료나는 죽은 아이들 대신 끼라를 10년 동안이나 친

딸과 다름없이 키웠다. 끼라는 내가 하숙을 오기 얼마 전, 체루스찌의 한 기관수와 결혼했다. 당시 끼라만이 마뜨료나를 도와주고 있었다. 가끔은 설탕을 보내주기도 하고, 돼지를 잡았다며 비곗덩어리를 나눠주기도 했다.

마뜨료나는 병에 걸려 늘 아팠기 때문에 유언장 비슷하게 써둔 것이 있었다. 2층에 있는 안채와 분리되어 있는 별실을 끼라에게 물려준다는 내용이었다. 하지만 정작 안채에 대한 언급은 없었다. 그래서 마뜨료나의 동생 셋은 안채를 차지할 기회를 노리고 있었다.

그런 상황 속에서 바로 그날 밤 마뜨료나의 지나간 과거 이야기, 그녀의 비밀을 듣게 되었던 것이다. 그렇게 그녀의 비밀을 알게 된 후 모든 것들이 구체적으로 드러나기 시작했다. 체루스찌에 사는 끼라가 찾아왔고, 파제이도 성화를 부리기 시작했다. 체루스찌의 끼라부부는 사유지를 얻기 위해 그 땅에 집을 지어야 했는데, 그러기에는 마뜨료나의 2층 방이 제격이었던 것이다. 새로 집을 지으려고 해도 마땅히 목재를 구할 곳이 없었다. 체루스찌의 사유지를 얻으려고 끼라부부보다 파제이가 오히려 더 안달복달하는 것 같았다.

파제이는 그 후로도 두세 번 더 찾아와 같은 이야기를 반복했다. 그는 마뜨료나가 살아 있는데도 당장 2층 방을 넘기라고 고집을 피웠다. 그런 말을 내뱉는 파제이의 모습은 내가 처음 그를 보았을 때 지팡이를 짚고 있던, 거친 말을 듣거나 살짝 밀치기만 해도 쓰러질 듯하던 모습은 온데간데없었다. 허리가 굽긴 했지만, 짱짱하게 건강을 유지하고 있어서, 환갑이 지난 나이임에도 머리카락이 검었다. 파제이는 흥분하며 자기 고집만 내세웠다.

마뜨료나는 이틀 꼬박 잠을 설쳤다. 그녀는 어찌해야 할지 결정을 내리지 못했다. 물론 평소에도 2층을 방치하고 있었기 때문에 그 방을 내주는 게 아깝거나 하진 않았다. 2층 방뿐만 아니라 무엇이든 마뜨료나는 아까워하는 사람이 아니었다. 다만 40년 동안 살아온 집을 부순다는

게 못마땅했던 것이다. 제삼자인 내가 보기에도 이 집의 합판을 철거하고, 기둥을 뽑는다는 것이 가슴 아픈 일 같아 보였다. 마뜨료나에게 있어서는 하늘이 무너지는 기분이었을 것이다.

하지만 다른 사람들은 마뜨료나가 살아 있다 해도 그깟 집을 부수는 것쯤 아무 일도 아니라고 생각했다.

그러던 2월 어느 날 아침, 파제이는 끼라와 사위를 데리고 왔다. 도끼 다섯 자루가 둔탁하게 쿵쿵거리고, 합판이 뜯겨나갔다. 파제이는 눈을 번뜩이고 있었다. 등이 굽은 노인이지만, 그는 날렵하게 처마 밑으로 기어들어가서 일꾼들에게 일일이 지시하고 있었다. 파제이는 젊은 시절 아버지와 함께 이 집을 지었다. 특히 2층 방은 파제이가 결혼해서 살려고 만든 공간이었다. 하지만 이제 직접 자신의 손으로 이 방을 들어내고 있는 것이었다.

기둥과 천장 합판에 번호를 매긴 후 완전히 분리해냈다. 본래 짧은 다리로 안채와 연결되어 있던 부분에는 임

시로 판자를 얹었다. 물론 벽에 여기저기 구멍이 났지만, 일꾼들은 신경 쓰지 않았다. 그 일꾼들은 집을 부수러 온 것이지, 벽을 만들어주러 온 게 아니었으니까. 사람들은 어차피 마뜨료나가 그곳에 살 날도 얼마 남지 않았으니 괜찮을 것이라고 생각했을 것이다.

남자들이 열심히 집을 부수는 사이 아낙네들은 2층 방을 옮기는 날 마실 술을 담갔다. 보드카를 사려면 돈이 많이 들기 때문이었다. 끼라는 모스크바 주에서 설탕 16kg 정도를 가져왔다. 마뜨료나는 밤에 설탕과 술병을 양조업자에게 가져다주었다.

2층 방에서 뜯어낸 목재는 문간에 쌓여져 있었다. 파제이의 기관사 사위는 트랙터를 빌리러 체루스찌로 떠났.

하지만 그가 떠난 날 눈보라가 치기 시작했다. 마뜨료나는 이제 혹독한 겨울이 시작되었다고 말했다. 이틀 꼬박 눈보라가 매섭게 몰아치고, 온통 눈 속에 파묻혀버리고 말았다. 그 뒤로 얼마 동안 길이 꽁꽁 얼었다가, 트럭이

한두 대 지나다니는가 싶더니, 갑자기 날이 풀렸다. 그 동안 쌓인 눈이 하루 사이 모두 녹고, 안개가 자욱이 끼고, 얼었던 강이 녹아 냇물도 졸졸거렸으며, 장화를 신고 나서면 진창에 장화 목까지 빠질 정도였다.

그렇게 해서 2층 방을 뜯어낸 후 2주 만에야 운반을 할 수 있게 되었다. 2주가 지나는 동안 마뜨료나는 걱정을 하며 발을 굴렀다. 게다가 마뜨료나의 동생 세 명이 찾아와서 대체 2층 방을 왜 주었느냐, 멍청이 같은 짓을 했다며 다시는 마뜨료나를 보고 싶지 않다며 가버렸던 것이다.

설상가상으로 그 무렵 고양이마저 실종되었다. 이 또한 마뜨료나에게는 극심한 충격이었다.

어느 새 진창길도 추위에 살짝 얼었다. 날이 맑게 개고, 상쾌해졌다. 그날 새벽, 마뜨료나는 좋은 꿈을 꾼 모양이었다. 아침에 내가 낡은 직조기를 돌리는 여자를 카메라로 찍고 싶다고 말하자(아직도 두 집에서 그런 직조기를 쓰고 있었기 때문이다), 마뜨료나는 부드럽게 웃으며 말했다.

"이그나찌치, 한 사흘만 기다려요. 2층 방을 뜯어낸 것을 운반하고 나면, 우리 집에 있는 직조기를 조립해줄게요. 아직 쓸 만하거든요. 내 직조기를 카메라로 찍어요. 나만 믿어요."

마뜨료나 본인도 낡은 기계를 돌려보고 싶었을 것이다. 2층 방을 떼어낸 후라, 겨울햇살이 창문으로 들어와 온통 장밋빛으로 물들였다. 마뜨료나의 얼굴에도 장밋빛 햇살이 비쳤다. 정직하고 순수한 사람의 얼굴은 언제나 아름답다.

저녁이 되어 학교에서 돌아와보니, 집은 온통 난리법석이었다. 트랙터를 연결한 신식 썰매에 재목을 싣고 난 후에도 아직 남은 게 많았다. 그래서 그날 일을 도우러 왔던 파제이 친척들이 그 자리에서 썰매를 급조하고 있었다. 보수를 잘 주거나, 맛있는 음식이 준비되어 있는 경우, 그렇게들 열심히 일을 하는 것이다. 일꾼들은 고래고래 소

리를 지르기도 하고, 논쟁을 하기도 했다.

두 대의 썰매를 어떻게 끌고 가느냐가 문제였다. 따로 끌고 갈지, 두 대를 한 번에 끌고 갈지 논쟁을 벌였다. 파제이의 절름발이 아들과 사위는 한 번에 두 대를 끄는 것은 무리라고 말했다. 트랙터가 두 대를 끌 만한 힘이 안 된다는 것이었다. 하지만 트랙터 운전사는 뻔뻔한 얼굴과 우람한 덩치에 걸맞게 귀청이 나갈 만큼 큰 소리로 쉰 목소리를 내며, 운전은 자기가 하는 것이니, 두 대를 맡겨도 잘 끌고 갈 수 있다고 호언장담을 했다. 그의 속내는 뻔했다. 2층 방을 운반하는 대신 보수를 받을 텐데, 어차피 몇 번을 오가느냐에 따라 보수가 달라지진 않을 터였다. 그러니 25km나 되는 거리를 밤새 두 번이나 오가는 것이 손해였던 것이다. 더욱이 부수입을 벌려고 트랙터를 몰래 끌고 나온 터라, 늦어도 아침까지는 제자리에 갖다놓아야 했다.

파제이도 오늘 안에 일을 마치고 싶은 욕심이 들어서

아들과 사위의 논쟁을 일축했다. 결국 급조한 두 번째 썰매를 첫 번째 신식 썰매와 연결했다.

마뜨료나도 남자들과 같이 바쁘게 목재를 날라다가 썰매에 실었다. 그러고 보니 마뜨료나는 내 겨울옷을 입고 있었다. 목재에 묻어 있던 진흙이 소매에 묻어서 온통 더러워져 있었다. 나는 갑자기 화가 나서 마뜨료나에게 설명했다. 그 옷은 내가 힘들던 지난날에 나를 따뜻하게 지켜준 소중한 것이었다고. 내가 마뜨료나에게 화를 낸 것은 그날이 처음이었다.

"아이고 이런, 내가 미쳤나봐요." 하며 마뜨료나는 어쩔 줄 몰라 했다.

"급하게 정신없이 나오는 통에 당신 것을 집어들고 나왔네요. 이그나찌치, 미안해요."

그러고는 내 옷을 벗어 장대에 널어 말렸다.

마침내 목재를 모두 실었다. 열 명 정도 되는 일꾼들이 내 책상 옆을 우르르 지나 부엌 커튼을 젖히고 들어갔다.

시끄럽게 컵을 내려놓는 소리, 건배를 하며 잔을 부딪치는 소리가 들렸다. 점점 목청을 높이며 떠들어대고, 서로 자기자랑을 하느라 여념이 없었다. 그중에서도 트랙터 운전사의 자기자랑은 유난스러웠다. 술 냄새가 내 책상 앞까지 풍기며 코를 찔렀다. 그러나 술자리는 그리 오래 지속되지 않았다. 너무 어두워지기 전에 출발해야 했기 때문이다.

남자들이 부엌에서 몰려 나왔다. 트랙터 운전사는 만족스러운 표정이었다. 파제이의 기관수 사위와 절름발이 아들, 조카가 썰매를 따라 체루스찌까지 동행하기로 결정했다. 다른 이들은 각자 집으로 돌아갔다. 파제이는 지팡이를 휘저으며 누군가를 쫓아가 뭐라고 연신 설명하고 있었다. 절름발이 아들은 내 책상 앞에 잠시 멈춰 서서 담뱃불을 붙이고는 나한테 말을 걸었다. 자기는 마뜨료나 아주머니를 무척 아끼며, 장가간 지 얼마 안 되어서 아들을 낳았다고도 말했다. 그때 누군가 부르는 소리에 그는 밖으

로 나갔다. 드디어 창 밖에서 트랙터 엔진 돌아가는 굉음이 요란하게 들렸다.

마지막으로 마뜨료나가 칸막이 벽 뒤에서 뛰어나왔다. 그녀는 멀어지는 남자들의 뒷모습을 보며 걱정스럽다는 듯 고개를 저었다. 그러고는 겨울옷을 챙겨 입고, 머플러를 뒤집어쓰고 나갈 채비를 했다. 그녀는 문 앞에 서서 내게 말했다.

"트랙터를 두 대 빌렸으면 좋았을 걸! 그럼 한 대가 고장이 나더라도 나머지 한 대가 있으니 걱정 없었을 텐데. 한 대로 끌고 가다가 무슨 일이 있을지 어찌 알겠어요!"

그렇게 말하고는 이내 트랙터를 좇아갔다. 한바탕 술자리와 난리법석이던 집 안이 텅 비자 이상하리만치 고요했다. 사람들이 하도 문을 열었다 닫았다 해서 집 안에는 온기조차 없었다. 창 밖에는 이미 짙은 어둠이 깔려 있었다. 나는 한기가 들어서 겨울옷을 걸치고 책을 들여다보았다. 더 이상 트랙터 소음도 들리지 않았다.

한 시간, 또 한 시간이 흘렀다. 어느 새 두 시간이 흘렀지만 마뜨료나는 돌아오지 않았다. 그래도 나는 걱정하지 않았다. 썰매가 떠나는 걸 지켜보고는 마샤 아주머니께 놀러 갔겠거니 싶었다.

왜 그런지는 몰라도, 저녁 무렵부터 그때까지 마을에서 5km 정도 떨어진 철로에서 기차 지나가는 소리가 들리지 않았다. 쥐들이 찍찍거리는 소리가 괜스레 크게 들렸다. 쥐들은 점점 더 시끄럽게 찍찍거리며 벽 틈새를 뛰어다녔다.

그러다 나는 정신이 번쩍 들었다. 벌써 새벽 한 시가 다 되었는데, 마뜨료나가 돌아오지 않은 것이다.

그때 멀리서부터 소란스럽게 떠드는 소리가 들렸다. 점점 집 쪽으로 가까워지는 것 같았다. 내 예상이 들어맞았다. 웬 남자가 거칠게 문을 두드려대더니 거만한 목소리로 문을 열라고 소리쳤다. 나는 손전등을 들고 어두운 밖으로 나가보았다. 온 동네가 칠흑 같은 어둠 속에 묻혀 있고, 며칠 전부터 녹기 시작한 눈에 반사되는 빛도 없었다. 나는 빗장을 열어 사람들에게 문을 열어주었다. 그러자 외투를 입은 남자 네 명이 집 안으로 들어왔다. 한밤중에 그렇게 들이닥친 것이 심히 불쾌했다.

불빛을 비춰보니, 그들은 철도원들이었다. 아까 나간 트랙터 운전사와 닮은 거만한 표정의 중년남자가 물었다.

"아주머니는 어디 있지?"

"모르겠는데요."

"썰매를 달아 맨 트랙터가 여기서 출발한 거지?"

"네."

"여기서 술을 마시고 간 거지?"

철도원들은 스탠드 불빛도 닿지 않는 어두컴컴한 구석을 샅샅이 살펴보고 있었다. 나는 누군가 체포되거나 체포될 위험한 상황일 것이라고 생각했다.

"무슨 일인가요?"

"물어보는 말에나 대답해!"

"그게 아니라."

"다들 취해서 여길 나갔지?"

"여기서 술 마신 게 맞지?"

뭘까? 살인사건이라도 일어났나? 아니면 2층 방을 뜯어서 옮기는 것도 불법인가? 철도원들은 몹시 거칠게 굴었다. 분명한 사실은 여기에서 술을 마신 것을 알면 마뜨료나가 처벌 받을 것이라는 점이었다.

나는 부엌문 쪽으로 뒷걸음질을 쳐서 몸으로 입구를 가로막으며 말했다.

"정말 몰라요. 술 마시는 걸 본 적은 없어요."(사실 나는 본 적이 없다. 그저 술 마시는 소리만 들었을 뿐이었다.)

나는 황당하다는 듯 집 안을 가리켜 보였다. 책, 공책 들이 스탠드 밑에 펼쳐져 있고, 놀란 무화과나무들이 있고, 하숙생의 어지러운 침대가 보였다. 술을 마신 흔적은 어디에도 없었다.

결국 철도원들은 술을 마신 것은 아니라고 결론지었다. 그들은 '여기서 술을 마시진 않은 것 같군.' 하며 발길을 돌렸다. 나는 그들을 배웅하면서 무슨 일인지 물어보려고 했다. 그때 담장 근처에서 누군가 중얼거렸다.

"그놈들 아주 산산조각이 났어. 주워 모으기도 쉽지 않을 걸!"

그러자 다른 사람이 말을 이었다.

"그것보다도 더 큰 문제는 아홉 시 급행열차가 탈선할 뻔했다는 거야."

그들은 재빨리 사라졌다.

나는 넋이 나간 사람처럼 집으로 돌아왔다. '그놈들?' 대체 누구를 말하는 거지? '모두'라고? 누구를 말하는 거지? 마뜨료나는 대체 어디 간 걸까?

나는 문지방을 넘어 부엌에 들어갔다. 역겨운 술 냄새가 코를 찔렀다. 한바탕 전쟁이 지나간 폐허 같았다. 의자들이 주인 없이 놓여 있고, 술병들이 여기저기 굴러다니

고, 테이블에도 술이 남아 있었으며, 컵도 여러 개 널려 있었고, 먹다 남은 청어, 파, 뜯다 만 돼지비계 등이 흩어져 있었다.

　모든 것이 죽어 있는 것 같았다. 오직 바퀴벌레들만이 이 폐허를 기어다니고 있었다. 철도원들은 분명 아홉 시 급행열차가 어쩌고 했다. 무슨 소리지? 이 부엌을 보여주는 편이 더 나았을까? 나는 벌써부터 긴장이 되고 걱정되었다. 아니, 그럴 수는 없었다. 내가 무슨 관리도 아니고, 무엇을 어떻게 설명했겠는가? 그때 갑자기 문이 열리는 소리가 들렸다. 나는 서둘러 입구로 나갔다.

　"마뜨료나 아주머니세요?"

　문이 열리고 누군가 들어왔다. 양손을 부여잡고 다리를 휘청거리며 마샤가 들어왔다.

　"마뜨료나가…… 마뜨료나가…… 아…… 이그나찌치!"

　나는 마샤를 의자에 앉혔다. 그녀는 오열하며 상황을 설명했다.

철로 위 건널목은 가파른 경사면에 있었다. 그런데 이 건널목에는 차단기가 없었다. 트랙터가 끌고 가던 첫 번째 썰매는 무사히 통과했지만, 줄이 끊어지는 바람에 두 번째 썰매는 건널목에 끼어버렸고, 점점 균열이 가기 시작했다. 파제이가 대충 되는대로 목재를 골라 만들었던 것이다. 사람들은 첫 번째 썰매를 좀 더 끌어당겨서 한 쪽으로 치우고, 트랙터를 건널목으로 끌고 와 두 번째 썰매를 끌고 가기로 했다.

트랙터 운전사, 파제이의 절름발이 아들 그리고 마뜨료나가 트랙터와 썰매 사이로 들어갔다. 대체 마뜨료나는 어째서 그렇게까지 참견을 한 것일까. 남자들의 일을 대신 하려는 건 마뜨료나의 나쁜 습관이었다. 예전에도 사나운 말고삐를 잡았다가 호수의 얼음구멍에 처박힐 뻔했다고 하지 않았는가. 어째서 건널목까지 쫓아간 걸까? 2층 방만 내주면 그걸로 끝인 것을……. 끼라의 남편인 기관수는 체루스찌 쪽에서 기차가 들어오지 않는지 망을 보

고 있었다.

멀리 기차 불빛이 보이면 알려주기 위해서였다. 그런데 갑자기 반대 방향인 토르포프로둑트 쪽에서 2량짜리 기관차가 불빛도 없이 역주행을 했다. 왜 불도 켜지 않고 역주행을 했는지 알 수는 없다. 연탄을 실은 기차가 후진을 하면, 연탄가루가 날리기 때문에 기관수는 뒤에 무엇이 있는지 볼 수가 없다. 그래서 결국 사고가 일어난 것이다. 트랙터와 썰매 사이에 있던 세 명은 갈기갈기 찢겨졌다. 트랙터는 망가지고, 썰매는 산산이 부서지고, 철로는 휘어지고, 2량짜리 기관차는 철로 밖으로 쓰러졌다.

"어떻게 기관차가 오는 시끄러운 소리를 못 들은 거죠?"

"트랙터 엔진소리가 워낙 크기 때문에 못 들은 거겠지요."

"그럼 시체는요?"

"사고현장에 줄을 쳐놓고는 시체를 못 가져가게 하더

군요."

"아까 저희 집에 찾아온 사람들이 급행열차가 어찌고 하던데…… 급행열차는 어떻게 되었나요?"

"바로 그 순간 급행열차가 토르포프로둑트 역을 지나 건널목을 향해 달려오고 있었어요. 그런데 탈선한 기관차의 기관수 두 사람은 멀쩡했기 때문에, 철로 위에서 손을 흔들어 급행열차까지 사고나는 것을 막았어요……. 파제이의 조카도 목재에 상처를 약간 입었어요. 지금은 클라프카 집에 숨어 있어요. 건널목 사고현장에 있었다는 게 발각되면, 증인으로 끌려갈 테고, 죄를 추궁 받을 테니까요. 끼라 남편은 털끝 하나 안 다쳤어요. 목매달아 죽어버리겠다는 걸 사람들이 가까스로 말렸대요. 자기 때문에 장모님과 처남이 죽었다고 오열했답니다. 그는 자수해서 끌려갔어요. 감옥이 아니라 정신병원에 끌려가는 건 아닐지……. 아! 마뜨료나! 마뜨료나……."

이제 마뜨료나는 어디에도 없다. 다정다감하던 사람이

죽었다. 그녀와의 마지막 날 나는 화를 냈단 말인가······.
빨간색 노란색으로 칠을 한 책 시장 포스터 속에 있는 여자는 뭐가 그리 즐거운지 연신 미소를 짓고 있었다. 마샤는 한동안 울기만 했다. 마침내 진정한 마샤는 집으로 돌아가려고 자리에서 일어났다. 그러다가 갑자기 물었다.

"저, 이그나찌치! 회색 스웨터 말인데요, 마뜨료나가 입던······ 죽으면 우리 따냐에게 물려주겠다고 하던······ 기억나세요?"

마샤는 애절한 표정으로 나를 쳐다보았다. 내가 기억 못하면 어쩌나 싶었나 보다.

다행히 나는 기억하고 있었다.

"네, 마뜨료나가 그랬었죠."

"지금 그걸 가져가도 될까요? 내일이면 친척들이 몰려올 거고, 그럼 그걸 가져갈 수 없을지도 몰라요."

마샤는 사정하듯 나를 쳐다보았다. 지난 50년간 마뜨료나와 함께 한 친구이자 마뜨료나를 진심으로 아껴준 친구

가 아닌가…….

그래, 지금 당장 내주어도 괜찮겠다 싶었다.

"네, 그러세요……."

마샤는 옷장 문을 열고 스웨터를 꺼내서 옷 속에 감추고 나갔다…….

쥐들은 뭔가에 놀라기라도 한 듯 벽을 따라 도망쳤다. 초록색 벽지가 쥐의 몸에 눌려 파도처럼 일렁거렸다.

내일도 학교에 나가야 한다. 벌써 새벽 두 시가 넘었다. 그 순간 내가 할 일은 문에 자물쇠를 채우고 잠자리에 드는 것이다.

어차피 마뜨료나는 돌아오지 않을 것이므로, 자물쇠를 채워야 한다.

나는 불도 끄지 않고 자리에 누웠다. 쥐들이 찍찍거리고, 신음소리에 가까운 소리를 내며 뛰어다녔다. 녹초가 된 머리에 이따금 경련이 일었다. 어쩌면 마뜨료나가 자신의 집에 작별인사라도 하러 온 걸까? 갑자기 어두컴컴

한 문간에 검은 수염의 젊은 파제이가 도끼를 치켜들고 서 있는 환영이 보였다.

"친동생만 아니었더라면 둘 다 도끼로 찍어버렸을 것이다!"

그의 저주 같은 말이 40년 동안 낡은 손도끼처럼 이 집 한 구석에 걸려 있었던 것이다. 그리고 마침내 그 도끼가 곤두박질친 것이다.

3

　동이 틀 무렵, 마을 여자들은 건널목에 있는 마뜨료나의 찢겨진 시체를 썰매에 싣고, 더러운 자루로 덮어서 운반해왔다. 시체 잔해를 씻으려고 자루를 걷어보니 끔찍하기가 이루 말로 할 수 없었다. 두 다리와 몸통의 절반, 그리고 왼쪽 팔이 잘려 나가고 없었다. 한 여자가 말했다.

"하느님께서 기도를 할 수 있게 오른쪽 팔은 남겨주셨나 봐요……. 기도라도 하라고……."

사람들은 마뜨료나가 매우 아끼던 무화과나무(한밤중에 불이 나서 연기가 자욱했을 때도 마뜨료나는 눈을 뜨자마자 불은 끄지 않고 무화과나무부터 구했을 정도였다.)는 모두 집 밖으로 내놓았다. 바닥도 깨끗이 청소했다. 검게 그을렸던 거울은 손으로 뜨개질한 널찍하고 낡은 천으로 덮었다. 화려한 싸구려 포스터도 뜯고, 내 책상도 옮겼다. 창문 옆 성상 아래에 책상을 놓고, 그 위에 장식 하나 없는 밋밋한 관을 놓았다.

그 안에 마뜨료나가 누워 있었다. 처참하게 찢겨진 몸은 깨끗한 시트로 덮여 있고, 머리는 하얀 천으로 둘러져 있었다. 그녀의 평온하고 순박한 얼굴은 마치 살아 있는 사람 같았다.

마을 사람들이 그녀를 찾아왔다. 여자들은 아이들과 함께 찾아와서 고인을 들여다보았다. 누군가 울기 시작하

면, 그저 호기심에 들렀던 사람들마저 다 같이 곡을 했다. 여자들은 그렇게 문간과 벽에 기대어 울었고, 남자들은 모자를 벗고 묵묵히 서 있었다.

언제나 곡을 시작하는 것은 친척들이었다. 그들의 곡소리는 철저히 계산적이고, 예전부터 전해져온 관습처럼 일종의 규칙이 있었다. 비교적 먼 친척들은 관 옆에도 잠깐 서 있었고, 기도도 짧고 조용하게 했다. 고인과 친했다고 자부하는 사람들은 집 안에 들어서자마자 울기 시작했고, 관 앞에 서서는 고인의 얼굴에 자신의 얼굴을 비비며 오열했다. 여자들마다 곡소리도 다양했다. 그러한 곡소리에는 사상과 감정이 담겨 있는 것 같았다.

그리고 또 한 가지 깨달은 것이 있었다. 고인을 애도하는 곡소리는 단지 슬퍼서 내는 것이 아니라, 일종의 거래를 위해서 내는 것이었다. 마뜨료나의 세 동생들은 누구보다 먼저 찾아와 농가와 산양, 난로를 확보하고, 마뜨료나의 옷장에도 자물쇠를 채웠다. 그러고는 마뜨료나가 외

투 안감에 넣어둔 2백 루블을 꺼냈다. 그들은 조문객들에게 말하길, 마뜨료나와 정말 가까웠던 것은 자기들뿐이었다는 것이다. 세 명의 동생들은 이렇게 곡을 했다.

"아이고, 아이고……. 언니, 우리 언니! 우리 집의 지주였던 언니가, 이 세상에 단 하나뿐인 언니가 벌써 가시다니……. 우릴 좀 더 예뻐해주지 않으시고! 아이고, 저놈의 2층 방 때문에 죽었군요……. 끔찍한 2층 방 때문에 이렇게 만신창이가 되었군요. 그러게 왜 2층을 부셔가지고는…… 어쩌자고 우리 조언을 안 들었어요?"

그들은 곡을 통해 사돈집 사람들을 비난했던 것이다. 마뜨료나에게 2층 방을 부수도록 강요한 게 잘못이었다는 말이었다(이와 동시에 2층은 너희가 빼앗았지만, 안채만은 절대 안 된다는 뜻도 포함되어 있었을 것이다).

그러면 마뜨료나의 시댁 식구들인 시누이들과 조카들은 이렇게 곡을 했다.

"아이고…… 숙모님! 좀 더 조심하지 않으시고요…….

이렇게 돌아가시니 우리가 비난을 받는군요. 아! 다정했던 숙모님! 그러게 왜 그런 실수를 하셨어요? 2층을 부순 것과는 전혀 상관이 없이 말이죠. 어쩌자고 그런 무서운 곳까지 따라가셨어요? 누가 부탁한 것도 아닌데 말이에요. 좀 더 조심하지 그러셨어요. 아이고……."(말하자면 고인이 죽은 것은 자기들 탓이 아니니, 안채에 대한 소유권 얘기는 다시 하자는 의미이다.)

머리를 헝클어트리고 찾아온 제2의 마뜨료나, 그 옛날 파제이가 고인인 마뜨료나와 동명이라는 이유 하나만으로 데려온 그녀의 곡소리는 이런 거래와 무관했다. 그녀는 관에 엎드려 진심으로 울었다.

"아이고, 언니! 어째서 제게 화를 내지 않으셨어요? 아니, 날벼락도 유분수지……. 우리는 늘 많은 얘기를 나누었잖아요! 제발 죄 많은 저를 용서하세요. 대체 무슨 변입니까? 저보다도 먼저 세상을 뜨시다니! 제가 죽으면 절마중 나와 주세요……. 아이고! 세상에나!"

'이게 무슨 일이냐'며 울부짖을 때마다 제2의 마뜨료나는 관에 가슴을 부딪치며 오열했다. 진심을 다해 자신의 혼을 쏟아내고 있었다. 그녀가 너무 지나치게 오열한다 싶으면 주변 여자들이 그녀를 말렸다.

"됐어요. 이제 그만하세요!"

그러면 제2의 마뜨료나는 잠시 물러났다가 이내 다시 관에 달라붙어 울부짖었다. 그러자 방 한구석에 있던 최고령의 노파가 그녀에게 다가가 어깨를 두드리며 근엄하게 말했다.

"이 세상에는 도무지 알 수 없는 수수께끼가 두 가지 있다네. 누구도 자신이 태어날 때를 모른다는 것과 언제 죽을지 모른다는 것이네."

그러자 마뜨료나가 진정하고, 주변 여자들도 조용히 입을 다물었다. 그런데 마뜨료나와는 남이나 다름없는 이 노파마저 곡을 하기 시작했다.

"아이고, 가련한 마뜨료나! 우리 마뜨료나! 대체 이게

무슨 일이란 말인가! 나보다도 먼저 떠나다니……."

그 다음으로는 앞서 곡을 했던 사람들의 고리타분한 곡과는 전혀 다른 현대식의 단순한 곡을 한 사람도 있었다. 바로 불쌍한 마뜨료나의 양녀 끼라였다. 문제의 2층을 부순 것도 바로 끼라 때문이었다. 평소 돌돌 말았던 끼라의 머리카락은 측은하게 풀려 늘어뜨려져 있었다. 두 눈도 벌겋게 충혈되어 있었다. 살을 에는 추위에 치마가 흘러내린 것도, 외투 소맷자락에 팔을 끼지 않은 것도 모르는 것 같았다. 끼라는 양어머니의 관과 자신의 오빠가 누워 있는 관을 오가느라 정신이 없었다. 모두들 그녀가 미쳐버리는 건 아닌지 걱정했다. 두 사람을 잃은 슬픔뿐만 아니라, 남편의 재판까지 그녀를 괴롭히고 있었기 때문이다.

사람들은 끼라의 남편이 두 가지 이유로 문책을 당할 것이라고 말했다. 2층 방을 운반하려고 한 것뿐 아니라, 철도원이라면 차단기가 없는 건널목을 통과할 때 준수해야 하는 규칙도 잘 알고 있어야 했다는 것이다. 일단 역에 가서 트랙터가 지날 것이라고 신고해야 했다. 당시 그곳을 지나려던 우랄 행 급행열차에는 천여 명의 승객이 있었다고 한다. 흔들리는 불빛 아래에서 침대칸에 누워 곤히 잠들어 있던 천 명이 하루아침에 죽을 뻔했던 것이다. 손바닥만한 소유지를 얻으려는, 밤새 두 번씩이나 트랙터로 목재를 나르고 싶지 않다는 그깟 이기주의 때문에, 파제이가 가져가겠다고 고집을 피우던 2층 방 때문에 결국 트랙터 운전사는 저세상 사람이 되고 말았다. 철도청에서도 사람들이 자주 오가는 건널목에 차단기를 설치하지 않았고, 2량짜리 기관차가 불을 켜지 않고 운행했다는 점에 있어서 책임이 있었다. 그래서 처음부터 술 탓으로 돌리려고 했으며, 끝내는 재판을 무마시키려고 했다.

  사고가 일어났던 현장의 철로와 노반이 심하게 부서졌기 때문에, 마뜨료나와 파제이 아들의 관이 집에 안치되어 있던 3일 내내 모든 기차가 다른 길로 우회하여 운행

하였다. 금, 토, 일요일 3일 동안 모든 조사를 마치고 매장을 하는 날까지 사고가 났던 건널목에서는 밤낮으로 수리 작업을 했다. 매서운 추위에 몸을 녹이기 위해, 어두운 밤에 불을 밝히기 위해 일꾼들은 건널목 근처에 널브러져 있는 목재나 합판을 가져다가 모닥불을 피웠다.

첫 번째 썰매는 목재가 고스란히 실린 채로 건널목 근처에 버려져 있었다.

수염이 덥수룩한 파제이는 금요일과 토요일 내내 그 걱정을 했다. 첫 번째 썰매는 언제라도 끌고 올 수 있는 상태이고, 두 번째 썰매는 잘만 하면 남은 거라도 끌어올 수 있지 않은가. 친딸이 거의 실성하다시피 됐고, 사위는 재판을 받을 처지이며, 집 안에는 아들의 관이, 멀지 않은 집에는 한때 사랑했던 여인의 관이 안치되어 있었지만 파제이는 정말 아주 잠깐 그들을 애도했을 뿐이었다. 그의 이마는 근심들로 잔뜩 찌푸려져 있었다. 어떻게 하면 나머지 목재들을 가져오고, 어떻게 하면 안채를 마뜨료나의 세 동생들로부터 지켜내는가 하는 고민에 싸여 있었다.

탈리노보 마을 사람들과 얘기하면서 알게 된 바로는, 파제이는 결코 특별한 존재가 아니었다.

선(善)이란 뜻과 재산이라는 뜻을 동시에 나타내는 '도브로'라는 러시아어 단어를 우리는 국가의 것이건 개인의 것이건 소유물을 가리킬 때 사용한다. 생각하면 할수록 모순이다. 사람들은 그것을 잃는다는 건 참으로 어리석은 짓이라고 여긴다.

파제이는 좀처럼 진정을 못하고, 마을과 역을 오가고, 여기저기 관청을 드나들었다. 안 그래도 잔뜩 굽은 등을 더욱 오그리고 지팡이에 의지해서는 제발 늙은 노인을 봐서라도 2층 방의 목재들을 돌려달라고 애원했다.

마침내 관청의 누군가가 그의 부탁을 들어주었다. 파제이는 허락이 떨어지자마자 아들들과 사위, 조카들을 대동해 집단농장의 말을 빌렸다. 그들은 토요일에서 일요일로 넘어가는 어두운 밤 사이, 세 개나 되는 다른 마을을 거쳐

야 하는 우회로를 지나 건널목으로 가서 남은 목재들을 모조리 챙겨왔다.

이윽고 일요일 낮이 되어 장례식이 열렸다. 두 개의 관이 마을 한가운데에서 마주쳤다. 양쪽 친지들은 누구 관을 먼저 통과시키느냐 말싸움을 하며 언성을 높였다. 결국 숙모와 조카의 관이 한 썰매에 나란히 실렸다. 잔뜩 흐린 날씨에 이제 막 눈이 녹기 시작하는 2월의 눈길을 따라 두 개의 마을을 지나서 교회묘지에 다다랐다. 바람이 몰아치는 날씨 탓에 사제는 밖으로 마중도 나오지 않은 채 교회 안에서 기다리고 있었다. 사람들은 교회 담장까지 천천히 걸으며 노래를 불렀다. 그러고는 모두 뿔뿔이 흩어졌다.

장례식 바로 전날 밤까지도 집 안은 난리법석이었다. 한 노파는 마뜨료나의 관 옆에 앉아 시를 읊조리고, 마뜨료나의 동생들은 부지깽이를 들고 난로 앞에서 설쳤다. 이탄이 타오르자 난로가 벌겋게 달아올랐다. 그 이탄은

마뜨료나가 저 멀리 습지대에서 자루로 날라온 것이었다. 동생들은 거친 싸구려 밀가루로 맛없는 파이를 만들었다.

저녁 무렵이 되어서야 장례식에서 돌아온 사람들은 추도식을 시작했다. 책상을 몇 개 모아서 긴 테이블을 만들었다. 바로 그날 아침까지만 해도 마뜨료나의 관이 안치되어 있던 곳은 연회장으로 변했다. 모두들 테이블을 둘러쌌다. 마뜨료나의 시누이 남편인 한 노인이 〈하느님 아버지시여〉를 외웠다. 그러고는 추도식에 온 사람들에게 벌꿀주를 조금씩 따라주었다. 이미 질리도록 마신 터라 조금씩만 따르는 것이었다.

우리는 고인의 명복을 빌며, 숟가락으로 술을 떠 마셨다. 곧이어 안주와 보드카가 차려지고, 사람들의 대화는 점점 흥미진진해졌다. 젤리가 나오자 모두들 자리에서 일어나 〈영원한 추억〉을 노래 불렀다(참석자 중 한 사람이 젤리가 나오면 그 노래를 꼭 불러야 한다고 말했기 때문이다). 그 다음에 다시 술자리가 이어졌다. 사람들의 화제

는 이미 마뜨료나와 무관한 것들이었다. 마뜨료나의 시누이 남편은 으스대며 말했다.

"신앙심 깊은 여러분, 오늘 눈치 채셨나요? 오늘 장례식이 아주 길게 진행되었죠? 그건 미하일 신부가 나를 미사에 조예가 깊은 사람으로 인정하기 때문입니다. 그렇지 않았다면, '성자와 함께 평안하게, 아멘'이라는 말로 금방 끝났을 겁니다."

오랜 시간 끝에 마침내 식사를 마쳤다. 사람들은 다시 한 번 자리에서 일어나 〈하느님의 양식〉을 부르고, '영원한 추억을 위하여!'라는 말을 세 번 복창했다. 하지만 다들 쉰 목소리로 박자도 틀리게 복창했다. 이미 취한 터라 진심으로 영원한 추억을 외치는 사람은 없었다.

그렇게 추도식이 끝난 후 친척들만 남았다. 그들은 담배를 피우기도 하고, 농담을 주고받으며 웃기도 했다. 그러다 행방불명된 마뜨료나 남편 얘기가 나오자, 시누이 남편이 가슴을 치며 제화공에게 목청껏 말했다. 이 제화공은 마뜨료나의 세 동생 중 한 명의 남편이었다.

"예쁨은 분명 죽었을 거예요! 그렇지 않다면 지금까지 감감무소식일 리가 있나요? 조국에 돌아오면 잡혀갈지라도, 나라면 당장 돌아왔을 거예요!"

제화공은 맞다는 듯 고개를 끄덕였다. 이 제화공은 탈영병이긴 했어도, 결코 조국을 버리지 않았다. 전쟁이 끝날 때까지 어머니 집 지하실에 숨어 지내긴 했어도 말이다.

난롯가 윗목에 말수가 적은 노파가 앉아 있었다. 그녀는 철없이 떠들어대는 쉰, 예순 살의 사람들을 비난의 눈초리로 쳐다보고 있었다.

그리고 이 집에서 10년간 살았던 가련한 양녀 혼자 칸막이 뒤에서 울고 있었다.

파제이는 마뜨료나의 추도식에 오지 않았다. 자기 아들의 추도식에 갔기 때문이었다. 그러나 얼마 지나지 않아서 두 번이나 이 집을 찾아와 마뜨료나의 동생들, 그리고

탈영병인 제화공과 이야기를 했다.

그들의 화제는 안채였다. 마뜨료나의 동생 중 한 명이 안채를 갖느냐 아니면 양녀가 차지하느냐에 대한 것이었다. 논쟁이 심해져서 재판에까지 가지 않을까 걱정했으나, 재판에 가게 되면 안채는 결국 마을의 공동소유가 될 것이라는 점을 잘 알고 있었기에 양측은 타협을 할 수밖에 없었다. 그들은 마뜨료나 동생 중의 한 명이 산양을 갖고, 다른 동생과 그 남편이 안채를 갖기로 했다. 대신 이 집의 목재 하나하나를 파제이가 세운 점, 2층 방을 이미 파제이가 가져갔다는 점 등을 고려하여 산양의 막사와 마당과 채소밭 사이의 안쪽은 전부 파제이가 갖기로 했다.

탐욕스런 파제이는 온몸이 아프고, 허리가 부러질 것 같았음에도 불구하고, 이런 결정을 듣고 다시 젊음을 되찾았다. 그는 아들들과 사위를 동원하여 산양 막사와 내벽 철거작업에 착수했다. 8학년 G반 안토쉬카도 어쩐 일인지 게으름 피우지 않고 썰매를 밀어주는 등 일을 돕고 있었다.

그렇게 마뜨료나의 집은 봄 무렵 모두 부서져서, 나는 거기서 조금 떨어진 시누이의 집으로 옮겨갔다. 그녀는 기회가 있을 때마다 마뜨료나의 옛 이야기를 들려주었다. 나는 마뜨료나의 새로운 면모를 알게 되었다.

"예핌은 그녀를 사랑하지 않았어요. 예핌은 세련되게 옷을 입는 여자가 좋은데, 마뜨료나는 촌뜨기처럼 옷을 입는다고 비난했어요. 그러면서 한번은 옷 사기 싫으면 관두라며 그 돈으로 몽땅 술을 사 마신 적도 있어요. 저와 함께 돈을 벌러 나갈 때면, 돌아오는 길에 꼭 여자가 있는 술집을 들르곤 했어요. 마뜨료나에게 가고 싶어하지 않았어요."

마뜨료나에 대해 온통 나쁜 비난을 했다. 외모가 단정치 못하다, 가구도 제대로 갖추지 않는다, 어딘지 모르게 모자란 사람 같다, 사료 주는 게 싫어서 돼지도 기르지 않았다, 바보처럼 사람만 좋아해서 남의 일이라면 발 벗

고 나섰다 등등. (사람들은 채소밭을 괭이질할 때 거들어 줄 사람이 없다는 걸 깨달을 때면 마뜨료나를 회상하곤 했다.)

시누이는 마뜨료나의 따뜻한 마음씨와 소박함을 칭찬하면서도 은근히 무시하고 동정하는 투로 말했다.

시누이가 늘어놓는 비난을 듣고 나는 처음으로 마뜨료나의 모습을 눈앞에 그려보았다. 한 지붕 밑에 살면서도 끝내 이해할 수 없었던 그녀의 모습을 말이다.

실제로 어느 집이나 돼지를 기르고 있었지만, 마뜨료나의 집에는 돼지가 없었다. 그저 먹는 것만 할 줄 아는 돼지인데, 사료만 던져주면 그만인 것을 말이다. 하루 세 번만 먹이를 주고, 사소한 것만 챙겨주면, 포동포동 살을 찌워 비계를 잘라먹을 수 있다.

하지만 마뜨료나는 그런 짓을 하지 않았다…….

그녀는 가구도 꾸미려고 하지 않았다……. 열심히 일해 돈을 모으고, 그것을 인간의 목숨보다 귀중히 여기는 그

런 행동을 하지 않았다.

예쁜 옷을 사려고도 하지 않았다. 타락한 도덕성이나 추함을 감추기 위해 걸치는 그런 옷을 말이다.

남편에게조차 이해 받지 못한 채 버림받은 여자. 여섯 명의 아이들을 모두 잃고도 선한 마음씨를 가지고 있던 그 여자. 동생들이나 시누이와는 전혀 다른 삶을 보낸 여자. 다른 사람들을 위해서 땀을 흘려주던 바보 같던 그 여자. 그녀가 죽고 난 뒤 아무것도 남은 게 없었다. 그녀에게는 그저 더러운 산양과 절름발이 고양이, 그리고 무화과나무밖에 없었다…….

우리는 그녀와 함께 숨 쉬며 사는 동안, 그녀야말로 진실하고 충실한 사람이라는 것을 깨닫지 못했다. 그런 존재가 없으면 그 어떤 도시도 바로 설 수 없다고들 말하는 '진실한 사람'이었던 것이다.

비단 도시뿐이겠는가, 온 세상이 바로 설 수 없으리라…….

_____역자후기

  이 책의 저자인 솔제니친은 『마뜨료나의 집』에 나오는 마을을 통해 19세기 말~20세기 초 러시아 대중들의 삶을 보여준다.
  마뜨료나의 삶은 주변사람과 밀접하게 얽혀 있으며, 마뜨료나의 집은 그녀의 내면과 성격을 그대로 반영하고 있다. 산양, 절름발이 고양이 그리고 심지어 집안 벽지 뒤를 바스락거리며 돌아다니는 쥐, 바퀴벌레 등 모든 것이 자연스럽게 그녀의 삶에 어우러져 있다. 이렇게 마뜨료나는 주변의 모든 살아 있는 것들을 배려하고, 존중한다. 인간은 자연의 일부이며, 자연과 조화를 이루며 살아가야 한다는 러시아 사람들의 기본인식을 보여주는 점이다.

마뜨료나는 전통적인 러시아 사고방식을 따르는 고귀한 존재이지만, 같은 마을 사람들은 그녀가 우매하다고만 생각하며, 그들을 위해 일하고, 인내하며, 선을 베푸는 그녀에게 보답할 생각조차 하지 않는다. 심지어 마뜨료나가 죽은 후 그녀의 집을 모조리 해체해버린다. 그러한 마을 사람들의 태도는 현대 문명사회의 도덕적 붕괴를 상징적으로 보여주는 것이다.

작가는 마뜨료나의 죽음을 통해 러시아의 전통적 가치와 도덕성이 더 이상 존재하지 않는다는 것을 상징적으로

말하고 있다. 그녀가 낳은 여섯 명의 아이들이 모두 살아남지 못한 것도 같은 맥락이다. 더 이상 전통적 가치를 이어나갈 존재가 없다는 의미이다.

작품의 말미에서 화자는 '진실한 사람이 없으면 그 어떤 도시도 바로 설 수 없다'라고 말한다. 이는 현대사회에 더 이상 진실한 사람이 남아 있지 않다는 의미이기도 하지만, 동시에 우리 모두가 진실한 사람이 되어 전통적 가치를 이어나가고, 사회 존립과 공존을 위해 자신의 욕심을 버리고, 남을 배려하며, 조화롭게 어우러져야 한다는 메시지를 전하고 있는 것이다.

김윤희

―――――――――――――――――――――――――작품해설

러시아의 양심, 솔제니친의 문학세계

　몇 해 전 세상을 떠난 알렉산드르 이사예비치 솔제니친의 삶과 문학은 격동의 한 세기를 보낸 20세기 러시아의 가장 생생하며 의미 있는 역사 그 자체라 볼 수 있다.

솔제니친은 1917년 사회주의 혁명이 일어난 이듬해 12월에 러시아 남부 카프카스 지역의 키슬로보드스크에서 태어났다. 그의 아버지는 그가 태어나기 6개월 전에 1차 세계대전에 참전하여 전사하였고, 혁명과 내전의 소용돌이에 휘말린 솔제니친 가정은 매우 힘든 삶을 살아가게 된다. 1924년 어머니와 함께 로스토프로 이주한 솔제니친은 이곳에서 쉬콜라(11년제로 형성된 소련의 초등교육 기관)를 다니면서 학창시절을 보낸다. 쉬콜라 시절부터 솔제니친은 문학에 매료되어 에세이와 시를 쓰기도 하다가 로스토프 국립대학의 물리-수학 학부에 입학하였고, 졸업 후에는 고등학교에서 학생들을 가르치며 평범한 시민의 한 사람으로 살아간다.

평범했던 솔제니친의 삶은 2차 세계대전이 발발하면서부터 완전히 바뀌고 만다. 1941년 포병 대위로 전쟁에 참전하게 된 솔제니친은 자신의 오랜 친구인 니콜라이 비트케비치에게 보낸 편지에서 '레닌주의 왜곡'이라는 제목으로 스탈린을 비판한 내용이 발각되어 1945년부터 1953년까지 8년간 강제노동수용소에서 지내게 된다. 바로 이 8년간의 수용소 생활이 솔제니친에게 세계적인 명성을 가져다준 소설 『이반 제니소비치의 하루』, 『제1권』 그리고 1970년 노벨문학상 수상작인 『수용소 군도』의 밑거름이 되었다.

위의 작품들은 스탈린의 죽음 후에 찾아온 소련 사회의 이른바 '해빙기' 시절에 출판되어 당대의 엄청난 반향을 불러일으키며 솔제니친을 일순간에 소비에트 최고 작가의 위치로 올려주었다. 그러나 유화된 사회적 분위기에도 불구하고 스탈린 시대 소련 사회의 어두운 면에 대한 신랄한 비판으로 인해 솔제니친은 소련 정부로부터 탄압과 감시의 대상이 되었다. 특히, 1974년 강제노동수용소의 내막을 신랄하게 폭로한 『수용소 군도』가 외국에서 출판되어 국가에 반역을 도모했다는 이유로 외국으로 강제 추방을 당한다.

이후 솔제니친은 서독, 스위스, 미국 등에서 망명 생활을 하면서 작품 집필과 강연 활동을 펼치다가 소련이 해체되고 난 뒤, 1994년 20년간의 망명 생활을 마치고 러시아로 귀국한다. 러시아 국민들로부터 열렬한 환영을 받으며 귀국한 솔제니친은 러시아 사회의 '살아 있는 양심'으로 불리며 수많은 공로상을 수상하였으며, 2008년 8월 3일 90세의 나이로 타계하였다.

솔제니친의 사상과 세계관을 보여주는 『마뜨료나의 집』

1963년 잡지 《신세계》에 발표된 『마뜨료나의 집』은 단편소설임에도 불구하고 솔제니친의 문학 세계를 집약적으로 농축해놓은 매우 중요한 작품이다. 소설은 전쟁과 강제 수용소에서 10년간의 시간을 보내고 러시아로 돌아온 화자 '나'의 시선으로 전개되고 있는데, 마뜨료나의 집에 하숙을 하는 화자 '나'가 솔제니친 자신이라는 것은 전기적 사실로 비추어볼 때 어렵지 않게 추측할 수 있다. 소설의 첫머리에 '나'는 1956년 여름에 10년 만에 러시아의 한적한 시골 마을로 돌아와 수학 교사 자리를 찾고 있다고 말하고 있으며, 작품 중간 중간에 자신이 수용소에서 지낸 얘기, 전쟁을 겪었던 얘기를 하고 있다.

실제로 솔제니친은 1953년 수용소에서 석방되어 이후 1957년 랴쟌 지방에 정착하여 쉬콜라에서 수학과 물리를 가르치면서 본격적인 집필 활동을 시작하였다. 『마뜨료나의 집』은 1963년에 발표되었지만 솔제니친은 이 작품을 1959년 6월에 착수하여 그 해 12월에 완성하였는데 당시 흑해 지역의 작은 시골 마을에 머물면서 그 마을을 배경으로 쓴 작품이기도 하다. 즉, 이 작품은 8년간의 수용소 생활을 마친 솔제니친의 눈을 통해 당대 소비에트 사회와 그 속에서 살아가는 인간들의 모습을 보여주고 있는 것이다.

『마뜨료나의 집』은 솔제니친의 대표적인 소설들인 『이

반 제니소비치의 하루』, 『제1권』, 『수용소 군도』, 『암병동』 등과는 분량과 소재 면에서 다소 이질적인 작품이다. 이 작품은 여타의 소설들에 비해 매우 짧은 분량일 뿐만 아니라, 솔제니친 작품 세계의 상징처럼 등장하는 수용소 이야기나 스탈린 독재와 숙청, 전쟁, 혁명 등의 거대한 역사적 사건을 다루고 있는 것이 아니라, 그저 시골 마을에 살고 있는 가난한 노파의 이야기이다.

그러나 이 작품에서 솔제니친이 마뜨료나의 삶과 죽음을 통해 들려주는 것은 이후 작가의 문학 세계에 일관되게 흐르고 있는 사상의 출발점이자 작가의 세계관의 본질을 보여주고 있다는 점에서 의미가 깊다.

실제로 솔제니친의 문학 세계를 평가할 때는 '반체제 작가', '반공작가', '독재에 항거한 시대의 양심' 등의 수식어가 붙는다. 물론, 솔제니친의 삶과 작품 세계에서 이러한 면들은 매우 의미 있고 작품의 중요한 축을 형성하기도 하지만, 솔제니친 작품의 보다 본질적인 측면은 이러한 사회, 즉 소비에트 사회라는 다소 특수한 사회를 살아가는 '소외된 인간'에 대한 테마이다. 그리고 이 '소외된 인간'의 테마는 『마뜨료나의 집』의 마뜨료나를 통해 잘 드러나고 있다.

모든 것으로부터 소외된, 그러나 가장 진실한 인간 마뜨료나

환갑이 다 되어가는 나이의 마뜨료나는 대가족이 살 수 있게 지어진 큰 집에서 혼자서 외로이 살고 있다. 마뜨료나를 통해 작가가 보여주고자 하는 소외는 크게 세 가지가 있는데, 그것은 사회, 가정 그리고 인간으로부터의 소외이다.

그녀는 사회로부터 소외된 채로 살고 있다. 질병을 앓고 있으며 의지할 가족도 없이 홀로 살아가는 마뜨료나는 '누구도 소외 받지 않고, 모두가 행복하게 살아가며, 모든 것이 보장되며 지원되는' 사회주의 유토피아 사회로부터

어떠한 도움이나 지원도 받지 못하며 살고 있다. 더군다나 그녀가 살아가기 위해 꼭 필요한 연금은 서류에 마침표 하나, 쉼표 하나 틀리게 적었다고 다시 며칠을 기다려서 제출해야 하는 철저한 관료주의 사회에서 보통 받기가 힘든 것이 아니다. 겨울을 나기 위해 국가에서 인민들에게 지원해주는 석탄은 관료들이 중간에서 다 챙겨버려 마뜨료나를 비롯한 일반인들에게는 배급이 되지 않는다.

마뜨료나는 인간의 가장 기본적인 삶의 단위인 가정으로부터도 철저히 소외되어 있다. 그녀의 남편은 전쟁터에 나가서 아무런 소식도 없이 돌아오지 않고 있으며, 여섯 명의 아이를 낳았지만 모두 갓난아기 때 죽어버렸다.

마뜨료나가 당하고 있는 가장 중요한 소외는, 그리고 그녀를 죽음으로 몰고 간 파멸의 소외는 인간으로부터의 소외이다. 마뜨료나를 둘러싼 많은 인간들, 그녀에게 한때 청혼을 했던 남편의 형인 파제이, 그녀가 키웠던 양녀 끼라와 사위 그리고 그녀의 세 명의 여동생은 얼마 살지 못할 마뜨료나의 '집'을 차지하려고 욕심을 내고, 그녀가 죽고 난 뒤 그녀의 옷과 남긴 돈에 더 관심을 가지며 정작 불행하게 죽은 마뜨료나에 대해서는 누구도 진정으로 애도하지 않는다.

  그러나 솔제니친은 주변 상황으로부터 철저히 소외되어 외롭게 살아가는 마뜨료나를 결코 비극적으로 그리고 있지 않다. 그녀는 힘든 상황에서도 늘 웃음과 희망을 잃지 않았으며, 불평불만 없이 그저 자신에게 주어진 운명을 담담히 받아들인다. 그리고 그것을 극복하는 방법으로 부지런히 일을 하면서 자신의 도움이 필요한 사람에게 모든 것을 베풀면서 평온을 찾는다. 주인공의 이름인 '마뜨료나'는 러시아에서 매우 흔하게 사용되는 여자의 이름으로서 주로 후덕한 인상의 온화한 시골 아낙을 상징하기도 한다. (커다란 몸체 속에 같은 형태의 여러 개의 작은 인형이 들어가 있는 러시아 전통 인형인 '마뜨료쉬카'도 마뜨료나에서 기인한다.)

즉, 솔제니친은 이 작품을 통해 인간을 인간답게 살아갈 수 없도록 만드는 허울뿐인 소비에트 사회의 모습과 그 사회 구성원들의 냉정한 이기주의를 보여주고 있는 동시에, 그러한 세상을 극복할 수 있는 하나의 작은 방법을 거대한 이념이 아닌, 시골 노파의 삶에 대한 따뜻한 시선으로 보여주고 있는 것이다. 애초에 솔제니친이 이 작품의 제목을 '진실한 사람이 없는 마을은 존재할 가치가 없다'라고 정했던 것은 결코 우연이 아닐 것이다. (작품 제목이 너무 교훈적이라는 이유로 당시 출판사에서 『마뜨료나의 집』으로 수정하였다.)

작품의 마지막 부분은 당시 소비에트 사회뿐만 아니라, 오늘날 우리 사회에서도 충분히 설득력 있게 다가오는 말일 것이다. "우리는 그녀와 함께 숨 쉬며 사는 동안, 그녀야말로 진실하고 충실한 사람이라는 것을 깨닫지 못했다. 그런 존재가 없으면 그 어떤 도시도 바로 설 수 없다고들 말하는 '진실한 사람'이었던 것이다. 비단 도시뿐이겠는가, 온 세상이 바로 설 수 없으리라……."

이승억(경북대학교 인문과학연구소 연구교수)

김윤희

단국대학교 노어노문학과와 한국외대 통번역대학원을 졸업했다.
현재 전문 통번역사로서 활동 중이다.
번역활동으로는 〈톨스토이 회고전 책자〉, 〈정부백서 다국어출간〉, 〈러시아법전〉 등
다양한 분야의 프로젝트에 참여하였다.

마트료나의 집

1판 1쇄 발행 | 2013년 4월 1일
1판 2쇄 발행 | 2015년 4월 27일

지은이 | 알렉산드르 솔제니친
옮긴이 | 김윤희
그린이 | 이지연
디자인 | 나무디자인 정계수
펴낸이 | 박옥희
펴낸곳 | 도서출판 인디북

등록일자 | 2000. 6. 22
등록번호 | 제10-1993호
주소 | 서울시 마포구 염리동 27-216번지 2층
전화 | 02)3273-6895~6
팩스 | 02)3273-6897
cafe.naver.com/indeworld
ISBN 978-89-5856-138-5 03890

* 잘못 만들어진 책은 구입처나 본사에서 교환해드립니다.